殺人鬼 ——逆襲篇

綾辻行人

角川文庫
17261

目次

――八〇年代半ば、あの異様な熱気に浮かされたすべての人々に捧げる――

「双葉山の殺人鬼」に関する覚書

・氏名……………不明。
・性別……………男性と思われる。
・年齢……………不明。
・出生地…………不明。
・身長……………二メートル超（推定）。
・体重……………百四十キログラム前後（推定）。
・性質……………凶暴。残忍。冷酷。怪力。

第1章　遭遇

1

「そろそろ県境だな。確か、もう一つトンネルを抜けたら羽戸町《はどちょう》に入る」

峠越えの曲がりくねった道を行く、白いスカイラインの車中である。ハンドルを握った冴島武史《さえじまたけし》がそう云《い》ったとき、妻の美砂子《みさこ》は、助手席の窓から外の景色を眺めながら鼻歌を歌っていた。彼女の膝《ひざ》の上では、今年の八月で三歳になる娘の莉絵《りえ》がすうすうと寝息を立てている。

「何だかご機嫌みたいだな」

と云って、冴島がちらりと美砂子のほうを見やる。美砂子は鼻歌をやめて夫の横顔に目を向け、

「だって、こんなふうにのんびりドライヴするのって久しぶりなんだもの。いったい何年ぶりかしらねえ」

わざと、いくらか怨《うら》みがましい調子で声を返した。冴島は「ああ」と低く応《こた》え、

「すまないと思ってるよ、いつも放ったらかしにして」

クロムグリーンのサングラスのフレームに指をかけながら、本当にすまなそうに濃い眉《まゆ》を寄せた。

「これでもけっこう気にはしてるんだ。満足に莉絵と遊んでやったこともないからな。悪いと思ってる」

予想外に殊勝な夫の反応に、美砂子は「やだ」と微笑んで、

「そんな、改まった感じであやまらないでよ。あなたらしくない。べつにあたし、怒ってるわけじゃないの。ちょっと云ってみただけ」

「しかし……」

「お仕事が大変なのは分かってる。それは承知のうえで一緒になったんだから。だけど、身体にだけは気をつけてね」

「定期健診はきちんと受けてるさ。あんたほどの健康体も珍しい、といつも医者に云われてる」

「健康っていう意味だけじゃなくて。殉職して二階級特進、なんていうの、絶対にいやだ

からね」

「おいおい。勝手に人を殺すなよ」

冴島は白い前歯を覗《のぞ》かせた。

「心配しなくていい。危険な商売だと云っても、そうそうめったなことがあるわけじゃあなし。それに俺は、課内でも『強運の冴島』で通ってるから。仮に十人が銃で撃たれて九人死んだとしても、生き残った一人は必ず俺だってことになってる。こいつは昔から自他ともに認めるところでね」

「自信たっぷりなんだ。でも……」

「油断は禁物って云いたいんだろう。分かってるさ。美砂子を心配させるような無茶は決してしない」

「ほんとに？」

「約束する」

冴島は三十四歳、警視庁捜査一課に勤める辣腕《らつわん》の刑事である。百八十センチの長身、スリムで筋肉質な体格。精悍《せいかん》な浅黒い顔にサングラスがよく似合う。刑事ドラマの二枚目主人公が抜け出してきたような、と云ってしまっても嘘にはならないだろう。

美砂子は彼よりも五つ年下の二十九歳。二人が結婚して、今年の秋で五年になる。

仕事に忙殺され、満足に休みも取れないでいる夫に対し、「もうちょっとゆっくりできないの」と美砂子はたまに愚痴をこぼす。「この街の平和を祈ってくれ」というのが、彼のお決まりの返事であった。

いくら一線の刑事でも労働基準法は適用されるはずなのに……と、そんな文句を云ってみても仕方がないのは重々、承知している。五年前、結婚の申し込みをOKした時点で、その辺の覚悟はできていた。

だからこれまで、美砂子は自分を不幸な妻だと哀れんだことなど一度もない。

冴島は、職場では上司も一目置くほどの強持《こわも》てらしいけれど、家庭では常に、すこぶる穏和で優しい夫であり、父であった。乱暴な言葉や態度は決して示さないし、どんなに厄介な事件を抱えていようとも、それを顔に出したりはしない。ただ、人並み外れて忙しすぎるだけなのだ。

そんな彼が、どういう風の吹きまわしか、久しぶりに休暇が取れそうだから車で遠出でもしようと云いだしたのだった。昔の友だちが、二年ほど前から温泉付きのペンションをやっている。一度遊びにきてくれと前々から誘われているから、そこへ行ってみようかと云うのである。

旅行は嬉《うれ》しいけれど、向こうに着いたその夜に何か重大事件発生の連絡を受けて、あたしたちを放って一人で東京に帰っちゃうなんてなしよ。——美砂子がそう釘《くぎ》を刺すと、彼は「大丈夫さ」と苦笑いしていたが、どうだか怪しいものだと思う。

根っから事件の捜査が好きなのだ、この人は。

社会の秩序を守るという使命感ももちろん強くあるのだろうが、それだけで務まる仕事ではない。世の中が本当に、まったく犯罪の起こらない「平和」を手に入れたなら、この人は退屈で死んでしまうんじゃないかしら、とさえ美砂子は思う。

「ほら。向こうに見えてるあの山、あれが例の双葉山《ふたばさん》だな」

ハンドルから片手を離し、冴島がフロントガラス越しに斜め前方を指さした。

幾重にもなって連なった山々のうちの、どれがその「双葉山」なのか、そんなふうに指さされてもよく分からなかった。美砂子が首を傾げると、冴島は手をハンドルに戻し、今度は軽く顎《あご》をしゃくって、

「あの、黒くていちばんごつごつした感じの山。あれだ」

「ふうん。——そんなに有名な山なの？　それって」

「おや。知らないのか」

「何となく名前を聞いたことがあるような気はするけど」

「悪名高い、と云うべきだろうな」

そう云って、冴島はすっきりと通った鼻筋に皺《しわ》を寄せた。

「『魔の山』と呼ばれたりしている」

「魔の山？」

と、美砂子はまた首を傾げる。

「いろいろと物騒な話があってね。本庁のほうでも有名だ。『双葉山送り』なんていう冗談があったりもする。『島流し』と同じような意味合いなんだが」

「何か怖いことがあった場所なの？」

「ああ。あの山は呪われていると云って、麓《ふもと》の村人たちは昔からあまり近づこうとしなかったらしい。恐ろしい怪物がいて、不用意に山に入ってくる人間を襲うんだとか、ばらばらに引き裂いて喰《く》っちまうんだとか」

「カイブツって……」

彼がどこまで真面目に話をしているのか、判断しかねた。美砂子はちょっと冗談めかした口調で、

「人喰い熊でもいるのかなあ」

と云ってみた。すると、冴島は真顔でわずかに首を振り、

「今のところいちばん有力なのは、正体不明の大男が山のどこかに棲《す》んでいるっていう説なんだ。気の狂った、見境なく人を襲う殺人鬼。例の悪趣味なホラー映画に出てくるような奴さ。ホッケーマスクを被《かぶ》った、あの……」

「『13日の金曜日』のジェイソン？」

「そう。そいつだ」

冴島はにこりともせずに頷《うなず》く。美砂子は少し気味が悪くなってきて、「いやだ」と声を翳《かげ》らせた。

「単なる噂でしょ」

「だったらいいんだがね」

冴島は鋭く眉をひそめた。

「実際にこれまで、あの山で何人もの人間が死んでるんだ。遭難事故とかじゃなくて、明らかに何者かの手によって殺された死体が見つかっている」

「………」

「もう五年前になるか。俺たちが結婚した年の夏だな。東京の中学生が四人、双葉山に登って行方不明になった。のちに、そのうちの三人の死体が山中で発見された」

「三人とも、殺されて？」

「首や腕を切り落とされていたり、腹を裂かれていたりと、とても人間の仕業とは思えないような惨《むご》たらしいありさまだったらしい。異常者の犯行だろうという線で捜査が行なわれたんだが、けっきょく犯人は分からずじまいだった。ニュースで見なかったかな」

「――憶《おぼ》えてないわ」

かぶりを振って、美砂子は黒く聳《そび》える問題の山影に目を馳《は》せた。

さっきは何の変哲もない山に見えたのが、そんな恐ろしい事件があった場所なのだと分かったとたん、何やらほかの山々よりも不気味で陰鬱《いんうつ》な風情を漂わせているように思えてくる。膝《ひざ》の上で眠る莉絵を抱いた腕に、知らず力がこもった。

「それから二年後——今から三年前の夏だな、同じ双葉山山中で、今度はもっとひどい殺人事件が起こった」

冴島は淡々と続ける。

「〈TCメンバーズ〉っていう親睦《しんぼく》団体の連中がキャンプに行って、同じような惨たらしいやり口で殺された。死者の数は全部で十数人にものぼった。無事に下山してきたメンバーはたったの二人」

「十数人……」

美砂子は息を呑《の》んだ。

「そんなに大勢が、一度に？」

「ああ。この事件も憶えていないのか。かなり派手に報道されたはずだが」

「だってそれ、ちょうどこの子が生まれたころでしょ」

と云《い》って、美砂子は莉絵の顔に視線を落とした。

「お産の前後ってあたし、新聞もテレビもほとんど見てなかったから」

「そうか。——生き残った二人の話によると、犯人は得体の知れない大男で、山頂の崖《がけ》から転落して死んだということだった。しかし、いくら探してもその男の死体は見つからなかった。二人ともかなり精神状態が乱れていたから、証言の信憑性《しんぴょうせい》を疑う向きもあったらしい」

「結局のところはどっちなの。ほんとにそんな殺人鬼が？」

「さてね。いる、と考えないと説明がつかない状況ではあったそうだが」

前方を見つめたまま、冴島は軽く肩をすくめた。

「まあそういった次第で、双葉山の『魔の山』としての悪名はますます高まったってわけだ。地元の人間はもちろん、今や誰もあの山に登ろうとする者はいないっていう」

「じゃあ、それ以来もう事件は起こってないの？」

美砂子が恐る恐る質問すると、冴島は「いや」と首を振った。

「去年の秋にまた、死人が出ている」

「………」

「死んだのは一人だけだったが、これも例によって惨い殺され方をしていた。一緒に山に登った仲間がほかに二人いて、そのうち一人は頭部に重傷を負って意識不明の状態で見つかった。もう一人は気が狂って……」

夫の言葉をさえぎるようにして、美砂子は大きな溜息《ためいき》をついた。

もうこれ以上、そんな血腥《ちなまぐさ》い話を聞きたくはない。そう云おうとしたとき、膝の上の莉絵が突然、意味不明の声を発した。

「あらあ、起きちゃったのねえ」

美砂子は娘の顔を覗《のぞ》き込んだ。

「怖いお話は、莉絵ちゃんもいやよねえ?」

「パパ、パパ」

舌足らずな声で云いながら、莉絵は運転席の父親のほうへ小さな手を伸ばし、ズボンを摑《つか》もうとする。

「だめだめ、莉絵ちゃん。パパの運転の邪魔しちゃあ」

美砂子は莉絵の身体を抱き直して、冴島のほうを見やった。

「殺人鬼の話はもうおしまいね。子供の教育上、好ましくないと判断します」

「はいはい」

と応《こた》え、冴島は娘に向かって「うっす」と声をかける。同じ言葉を、莉絵が返した。彼は嬉《うれ》しそうに微笑み、それから斜め前方に連なる山並みへと目を上げる。美砂子もその視線を追った。

双葉山の黒い無骨な影は、ほかの山々に隠れてもう見えなくなっていた。

「本当にそんなとんでもない殺人鬼がいるのなら、この手で捕まえてやりたいところなんだがな」

独り言のように夫が呟《つぶや》くのを聞いて、

「だめよ、変な気を起こしちゃ」

美砂子は、娘に対するのと同じ調子でたしなめた。

「予定変更して山登りをしよう、なんて云いださないでね」

「まさか」

と、冴島は痩《や》せた頬に微苦笑を浮かべた。

「そりゃあ買いかぶりってやつだ。俺だってたまには、のんびりと温泉にでも浸《つ》かって骨休めしたいさ」

「買いかぶりって云うのかしら。——とにかくもう、さっきの話はしないでね。あたし、何だか気分が悪くなってきちゃった」

四月五日、月曜日。時刻はまもなく午後三時になろうとしている。

2

県境の長いトンネルを抜けると、世界の色が変わっていた。

ついさっきまでは、気持ち良く晴れ渡った空から麗《うら》らかな春の陽光が降り、森を包んだ新緑を明るく照らしていたのである。吹く風は緩く暖かく、絶好のドライヴ日和とでもいった好天が朝からずっと続いていた。

それが――。

トンネルから出たとたん、であった。風景全体が突然、空間そのものに大量の墨を溶け込ませたかのような沈んだ色調に変わってしまったのだ。

日蝕《にっしょく》でも起こったのではないかと思わせるほどの、それは急激な変化だった。少なくとも車を運転する冴島の目には、そう映った。

植生は同じようなものなのだが、森の佇《たたず》まいが先ほどまでとまったく違って見えた。緑が暗い。木々の間に刻まれた陰影が、やたらと目立つ。細く開いた窓から吹き込む風の肌触りが、いやにねっとりとしている。

冴島は一瞬、何とも云えずいやな予感に囚《とら》われた。

なぜだと問われても、はっきりとは答えられない。長年、刑事という特殊な職業に従事してきた男のある種、本能的な〝勘〟だとでも云うしかなかった。

「急に曇ってきたわね」

助手席の美砂子が、少し前屈《まえかが》みになって空を見上げた。工場の煙突から吐き出された煙のような黒い雲が、さっきまで太陽が輝いていたあたりに広がっている。

「雨になるのかなあ」

「さて」

低い声で応えると、冴島はサングラスを外してダッシュボードの上に置いた。視界を染めていたレンズの色が消え去る。だが、風景を覆った基本的な暗さに変わりはなかった。

「ま、いきなり嵐なんてことはないだろうさ」

道は相変わらずのワインディングロードである。右側には崖崩《がけくず》れ防止のネットが張られたむきだしの岩肌が、左側には白いガードレールが続いている。ガードレールの向こうはまばらに木々が立ち並ぶ急斜面で、遥《はる》か下に細い谷川が流れていた。

冴島はアクセルを踏み込んだ。

前を行く車も、後ろから来る車もない。トンネルに入るまでよりも道幅は広く、舗装状態も良かった。県による道路行政の違いが窺《うかが》われる。

しばらく行くと、山の間に街の遠景が見えてきた。X郡羽戸町。人口何千人かの小さな町である。冴島は独身時代に何度か、きょうと同じ道を通ってこの近辺までドライヴに来たことがあった。

「喫茶店でもあったら、ちょっと休もうか。目的地まではまだかなりある」

「そうね」

と、美砂子が頷《うなず》く。彼女の膝の上で、莉絵が小さな口をめいっぱい開けてあくびをした。まだ寝足りないらしい。

前方に急なカーヴが迫ってきた。

見通しの悪いカーヴだった。ガードレールの外側に反射鏡が立っているが、おおかた暴走族の悪戯《いたずら》だろう、鏡面には真っ赤なスプレイで大きなドクロマークが描かれており、ほとんど用をなしていない。

シフトダウン。軽くクラクションを鳴らし、ハンドルを切った。

——と。

かすかにタイヤを鳴かせながらカーヴを曲がりきったところで、ふらふらと道の中央を歩いている男の姿が目に飛び込んできた。

美砂子が「わっ」と悲鳴を上げる。冴島は慌てて急ブレーキを踏んだが、まにあわなかった。

相手が少しでも身をかわしてくれたなら、あるいは事なきを得たかもしれない。ところが、男はまったくよけようとしなかった。こちらを向いて歩いていたにもかかわらず、である。

車輪がロックし、タイヤが甲高く叫んだ。

ごんっ、と鈍い衝撃に車体が揺れる。車は左のヘッドライトのあたりで相手を撥《は》ね飛ばし、斜め右を向いた状態で止まった。

「ちいっ」

冴島はハンドルを両手で叩《たた》き、強く舌を打った。

「やっちまった」

「あ、あなた……」

美砂子の顔は蒼白《そうはく》だった。突然の出来事にびっくりした莉絵が、それこそ火が点《つ》いたように泣きだした。

「あなた」

美砂子が冴島の左腕を摑んだ。

「どうするの、あなた」

「どうするも何もないだろう」

撥ねられた男は、五メートルほど先の路上に仰向《あおむ》けに倒れていた。

相当に上背があり、がっしりとした体格の男だった。もともとの色や柄が分からないくらいどろどろに汚れた、ぼろきれのような服を着ている。一見して、ただの通行人ではないと分かったが、それ以上深く考える余裕は冴島にもなかった。

「あっちが悪いのよ。ね」

取り乱した美砂子が、泣きつづける莉絵をなだめるのも忘れて云《い》う。

「こんな道の真ん中をぼうっと歩いてるんだから。そうよね。ね、そうでしょ?」

冴島は何とも答えず、ギアをバックに入れた。対向車が来ても危険がないよう車を道の左端に寄せると、腕を摑んで離さない妻の手を振りほどいて運転席から飛び出した。

「大丈夫か」

声をかけながら、冴島は倒れた男に向かって駆けた。

「おい」

両手両足を力なく地面に投げ出したまま、男はまったく動かない。顔はあちら側を向いている。ぼさぼさに髪の乱れた頭から血が流れ出し、アスファルトを染めているのが見て取れた。

まさか、もう死んでしまったのか。

だとしたら、これは最悪の事態だ。客観的に見て、過失責任はほぼ百パーセントこちらにある。相手が道の真ん中を歩いていたという状況など、何の云い逃れにもならない。

「轢《ひ》き逃げ」という言葉が、ほんの一瞬ではあるが心の隅に浮かんだ。このまま死体をどこか人目につかぬ場所に隠してしまって、そして……。

(何を、俺は)

慌てて頭を振り、自分を叱りつける。

(何を考えてるんだ)

「しっかりしろ。おい」

冴島は男のそばに膝《ひざ》を突いた。

「おい」

頭部からの出血はかなりひどい。一刻も早く病院へ運ばなければならないことは明らかだった。

胸に手を当てて心臓の動きを探りながら、冴島は男の顔を覗《のぞ》き込み、そこで思わず「うっ」と声を洩《も》らした。

「何だ、こいつは」

さっき車をぶつけたときには、ちゃんと顔を見ている暇などなかった。美砂子もそうだろう。もしもこれを見たのなら、彼女はもっと違う形で取り乱しているはずだ。

異形の肉塊、とでも云うべきか。

服と同様、それがもともとどういう造作だったのかを想像するのは難しい。それほどまでに醜く変形した顔なのだった。

かつて顔中にひどい火傷《やけど》を負ったものと察せられる。爛《ただ》れてざらざらになった皮膚に、泥とも垢《あか》とも血ともつかぬ赤黒い塊が、斑《まだら》模様を描くようにこびりついている。中央に盛り上がった肉が、かろうじて鼻の形をとどめていた。眉《まゆ》と思《おぼ》しきものはない。瞼《まぶた》や唇の所在も、よくよく見てみないと分からない。

冴島はしばし愕然《がくぜん》として、あまりにもおぞましいその顔を見下ろしていた。

仕事柄、激しく損傷した死体を見ることには慣れている。だが、それにしても――。いったいこの男は何者なのか。どうしてこんな顔になってしまったのだろうか。いったい……。

爛れた肉が罅割《ひびわ》れるようにして、いきなり男の両目が開いた。

冴島はぎょっと身をのけぞらせた。

（生きている）

ほっと息をつくいとまもなく――。

血走った目が、冴島の姿を捉《とら》えて異様な光を帯びた。

地面に投げ出されていた左手がびくんと動いたかと思うや否や、厚い胸板に掌《てのひら》を当てていた冴島の右手首をがっと摑《つか》んだ。凄《すご》い握力だった。冴島は驚いてそれを振り払おうとしたが、男は離さない。黒く汚れた爪が、手首の肉に喰《く》い込んでくる。

「落ち着け。大丈夫だ」

冴島は最初、てっきり男が怪我の苦痛を訴えようとしているのだと解釈した。手首の痛みをこらえながら、やんわりと云った。

「すぐに救急車を呼んでやるから。さあ、離すんだ」

しかし、男は力を緩めようとしなかった。声が聞こえていないのか。それとも言葉が通じていないのだろうか。

「離すんだ」

ともう一度命じたが、力はいっこうに緩まない。それどころかますます深く爪を喰い込ませ、そうして何を思ったのか、自分の顔のほうへぐいぐいと引っぱっていくのだった。

「何をする」

爛れた唇がべらりと捲《めく》れ上がり、裂けるように口が開いた。黄色く汚れた歯と、真っ赤な舌が見えた。

「おい、何を……うおっ！」

指に激痛が走った。男が嚙《か》みついたのだ。

ごりごりという音が直接、身体を伝わって内耳に響いてきた。肉を破った前歯が、その下の骨を嚙み砕《くだ》く音である。

「やめろ」

怒声を浴びせ、冴島は左手で男の腕を摑んだ。引き離そうとしたが、びくともしない。

「やめろ！」

もうひと声、叫んだところで男はおもむろに口を離した。

唇が、べったりと鮮血に濡《ぬ》れている。にたっ、とむきだした前歯の間から、赤い芋虫のような肉片がぶっと吐き出された。人差指、中指、薬指——三本の指の、第二関節から先であった。

「こ、こいつ……」

(俺の指を)

冴島は喘《あえ》いだ。

（狂ってやがる、こいつ）

怒りと恐れが拮抗《きっこう》して膨れ上がり、全身を震わせた。右手首を摑まれた体勢のまま、冴島は相手の脇腹に思いきり蹴《け》りを入れた。

まるで鉄の塊を蹴りつけたような感じだった。男は呻《うめ》き声すら洩らさない。摑んだ手首を離しもしない。爪は皮膚を裂いてさらに深く肉に喰い込み、嚙み切られた指の傷口からはだらだらと血が流れ出た。

いま一度、同じところを蹴りつける。が、何の効果もない。

冴島は逆上し、今度は左手の拳《こぶし》を固めて相手の顔面に打ち下ろした。

拳は男の鼻にめりこみ、血しぶきが四方に散った。手応《てごた》えからして、少なくとも鼻の軟骨が折れたことは確実であった。

男はそれでも、摑んだ手首を離さない。瞬《まばた》きの一つもせず、冴島の顔を見上げている。唇をにたりと歪《ゆが》め、赤い舌を出して口のまわりの血を舐《な》めた。

（化物か、こいつ）

憤怒《ふんぬ》と恐怖のバランスが崩れはじめる。

（化物……）

（……まさか）

双葉山の殺人鬼。

先ほど車中でみずから妻に語ったその言葉が、激しい戦慄《せんりつ》とともに冴島の頭を掠《かす》めた。

（まさか、そんな）

ここから双葉山までは相当な距離があるはずだ。間にいくつもほかの山を挟んだ位置関係のはずだ。——なのに？

ときおり山を訪れる〝獲物〟だけでは飽き足らず、こいつはここまでやってきたというのか。いったいそんな……。

男の右腕が上がり、たじろぐ冴島の左手首をがっちりと摑んだ。そうしてやおら、上体を起こしはじめる。

振りほどくことも押さえつけることもできなかった。下手に抵抗すればこちらの腕の骨が折れてしまいかねない、それほどに凄《すさ》まじい力だった。

「あなた」

美砂子の声が背後で聞こえた。

「どうしたの、あなた」

振り向いてそれに答えることも叶《かな》わない。

冴島の両手首を握ったまま、男はゆっくりと立ち上がった。その間、冴島は幾度となく相手の胸や腹を——さらには股間《こかん》をも——蹴りつけたのだが、ついに男の動きを止めることはできなかった。

二メートル以上もあろうかという巨体であった。まさに「大男」だ。――双葉山の殺人鬼。本当にこいつは、それなのかもしれない。

恐怖に引きつった冴島の顔を、殺人鬼は冷たく無感動な眼差《まなざ》しで見下ろした。それからぐいっと、これまでの倍ほどもの力で、摑んだ手首を捩《ね》じり上げる。

ごきごきと骨が鳴った。両手首、両肘《りょうひじ》、両肩――すべての関節が、今にも外れてしまいそうだった。

たまらず「ぐうっ……」と声を洩らす冴島の腹に、さっきのお返しだとでも云《い》わんばかりの強烈な膝蹴《ひざげ》りが来た。

「ぐええぇっ」

腹の真ん中に穴があいたのではないかと思うような、物凄《ものすご》い衝撃を受けた。瞬間、冴島の身体は十センチ以上も宙に浮いた。

殺人鬼は、そこでようやく冴島の手首を離した。

反撃する気力も失《う》せ、冴島は腹を押さえてその場に屈《かが》み込んだ。苦痛のあまり涙が滲《にじ》んだ。

「あなた！」

悲鳴のような美砂子の声が響いた。夫の身にいま何が起こりつつあるのか、彼女も理解したらしい。

「あなたっ！」

続いて、助手席のドアを開ける音が聞こえた。

「来るな」

はらわたが口から溢《あふ》れ出してきそうな、猛烈な吐き気に苦しみながら、冴島はやっとの思いで妻に言葉を返した。

「来るんじゃない。こいつは……」

殺人鬼の左手が、屈み込んだ冴島の頭を真上から鷲摑《わしづか》みにした。有無を云わさぬ力で引きずり起こす。

逃れようと身をよじらせながら、涙に霞《かす》む目で冴島が認めたのは、自分の顔に向かって突き出された殺人鬼の指だった。右手の人差指である。

何だ？　と思うまもなく、黒く汚れたその指が迫ってくる。まっすぐに、左の目に狙いを定めて。

指先が、瞼《まぶた》と眼球の間に捩《ね》じ込まれた。冴島は「ひい」と喉《のど》を鳴らした。脳味噌《のうみそ》が弾《はじ》け飛びそうな激痛に、全身がびりびりと痙攣《けいれん》する。

「やめろぉ」

冴島は震える手で殺人鬼の腕を摑み、必死で喚《わめ》いた。

「やめろ。お、俺は刑事だ。警視庁の刑事なんだぞ。俺は……」

そんな言葉が通用する相手では、もちろんない。

「俺は俺は、俺は……」

なおも喚きつづける冴島を、殺人鬼は冷然と見すえる。深々と眼窩《がんか》に差し込んだ指の先を鉤形《かぎがた》に曲げ、ぐるりと回転させた。いとも簡単に眼球が抉《えぐ》り出される。

「ひいい」

冴島の喉がまた鳴った。

「ひいいいい……っ」

一緒になって出てきた視神経の束を引きちぎると、殺人鬼はぬらぬらと光る眼球を掌《てのひら》の上で転がしてみせた。それから、くしゃりと握り潰《つぶ》す。「こんなものか」とでも云いたげな、あまりにも無造作な動きであった。

「目が」

血まみれの眼窩を両手で押さえ、冴島は呻いた。

「俺の、目が……」

殺人鬼はそこで、鷲摑みにしたままでいた冴島の頭から手を離した。冴島はへなへなとその場に尻《しり》を落とした。

「あなた！」

美砂子の悲鳴が聞こえる。こちらへ駆け寄ってくる足音が聞こえる。

「あなたっ！」

さっきのように「来るな」と制止する心の余裕もなかった。助けられるものなら、助けてほしい。徐々に薄らいでくる意識の中で、冴島は切にそう願った。

立ち上がろうとしたが、どうしてもうまく足に力が入らなかった。俯《うつぶ》せになり、地を這《は》って逃げようとする。

しかし、殺人鬼は逃そうとはしなかった。

這いつくばった獲物の腰を、片足で踏みつけた。前へ進めず、獲物はいたずらに両手両足を動かした。生きたままピンで留められた昆虫さながらのありさまであった。

「やめて！」と叫んで、美砂子が殺人鬼に跳びかかってくる。腕のひと振りでそれを撥《は》ね飛ばしてしまうと、殺人鬼は身を屈め、獲物の頭に手を伸ばした。

両側から挟み込むようにして頭を掴《つか》み、持ち上げた。骨を軋《きし》ませて、背中が大きく反り返る。

冴島は半失神状態になって白眼をむいた。むろん右目だけの話である。左の眼窩はもはや、血のたまった単なる空洞となり果てている。

「やめてぇ！」

黒い雲に覆われた空の下、美砂子の叫び声が響き渡る。殺人鬼はそれを無視して、力任せに冴島の頭を捩じった。

「いやっ！」

ほぼ百八十度、首が回転した。口から血の泡を噴き出しながら、冴島の顔は真後ろを向いた。凄まじい苦悶《くもん》の表情が広がったかと思うと、それはすぐに、永遠の沈黙に向かって凍りついた。

「いやあああっ！」

殺人鬼は悠然と、息絶えた冴島の身体から離れた。底知れぬ邪悪をたたえたその目が、次なる獲物の姿を捉《とら》える。

3

あの人が、死んだ。あの人が、殺されてしまった……。

目の前で起こった信じがたい出来事に、美砂子は一瞬、気が遠くなりかけた。

もっと早くに助けようとしていれば、こんなことにはならなかったかもしれない。「来るな」と彼に命じられた、あのときに。いや、その前の、何だか様子がおかしいと気づいた最初の段階で、あたしが何か手を打っていれば……。

今さら考えてみても、もう遅い。もうどうしようもない。

路上に這いつくばった冴島の腰を踏みつける、化物のような大男。「やめて！」と叫び、ほとんどわれを忘れて跳びかかっていったものの、丸太のような太い腕にひとたまりもなく撥ね飛ばされ、道の端まで転がった。したたかに打った肩や腕の痛みに耐えてどうにかこうにか身を起こしたが、そのときにはすでに、大男は冴島の頭を掴み上げ、首を捩じ切ろうとしていたのだった。

「やめてぇ！」

美砂子はただ叫ぶしかなかった。

「いやっ！」

片目をくりぬかれ、首を真後ろに捩じ曲げられ……あまりにも凄惨《せいさん》な姿で事切れた夫の姿を呆然《ぼうぜん》と見つめながら、美砂子は髪を振り乱して絶叫しつづける。

「いやあああっ！」

(……死んでしまった)

(あの人が、殺されてしまった)

「あなた……」

冴島の死体から離れると、大男はゆっくりと身体の向きを変えた。鮮血にまみれた両手を開いてちらりと視線を落とし、それから「さあて」とでも云うように美砂子のほうを見る。

これは——この男は何なんだろう。

美砂子は遠くなりかけた意識を、ぶるぶると頭を振って揺り起こした。

この顔。この服。この巨体。この人間離れした力、悪鬼のような所業……。

まさかこの男こそが、さっき車の中で冴島が話していた「双葉山の殺人鬼」だと？　もしもそうなら、いや、たとえそうではなかったとしても——。

かなうはずがない、と思った。

あの人が——犯罪捜査の最前線でこれまで何度も修羅場をくぐりぬけてきたあの人が、こんなにも呆気《あっけ》なく、まるでぼろ雑巾《ぞうきん》のようになって殺されてしまったのだ。こんなとんでもない怪物に、どうやったってあたしがかなうはずがない。

逃げるんだ。早く逃げ出すんだ。あの人は死んだ。もう助けようがない。早く車で逃げて、そして警察を……。

車はエンジンがかかったまま停まっている。美砂子はよろりと立ち上がり、運転席のドアをめざして走った。

幸いにも、殺人鬼はすぐさま追いかけてはこなかった。ひょっとしたら図体《ずうたい》が大きいぶん、敏捷《びんしょう》性に欠けるのかもしれない。

美砂子は運転席に飛び込んだ。急いでドアをロックし、ハンドルを握る。ところが、そこで——。

助手席にいるはずの莉絵がいないことに気づいた。

「莉絵ちゃん……」

（どこへ？）

見ると、助手席側のドアが半開きになったままである。

さっき美砂子は、夫を助けようとして、膝《ひざ》に乗せていた莉絵をこのシートに残して外へ飛び出した。あのときドアを閉めるのを忘れていたのだ。それで莉絵は……。

ああ、大変だ。早く連れ戻さないと大変なことになる。

いま閉めたばかりのドアに手をかける。ロックを外しながら、前方に目をやった。

「莉絵ちゃん！」

ピンクのセーターを着た莉絵の姿が見えた。二メートルほど先の路上をとことこと歩いていく。ありえない角度に首を捻《ひね》って倒れた父親のほうへ向かって。

「莉絵ちゃん、戻って」

「パパ、パパ……」

無邪気な声を父の死体に向けて投げかけながら、莉絵は歩を進める。

「莉絵ちゃん！」

美砂子がドアを開けて叫ぶと、やっと足を止めてこちらを振り返った。きょとんと目を丸くして小首を傾げる。自分たちがどういう状況に置かれているのか、まったく分かっていないようだった。

殺人鬼の黒い影が、そんな莉絵の背後に迫る。

「莉絵ちゃん！」

血で汚れた両手——片手だけで莉絵の頭ほども大きさがある——で後ろから肩を摑み、軽々と宙に持ち上げた。莉絵はしかし、泣きだすどころか、きゃらきゃらと嬉《うれ》しそうに笑う。〝高い高い〟でもしてもらっているつもりなのかもしれない。

「やめて。その子を放して！」

叫びながら、美砂子は車から転がり出た。身の危険も顧みず殺人鬼に跳びかかっていこうとしたが、何歩も行かないうちに足がもつれ、路上に突っ伏してしまった。

「放して。お願い」

殺人鬼は両手を莉絵の腋《わき》の下に移し、頭上高く突き上げた。母親の必死の叫び声を聞いてようやく、尋常ならぬ雰囲気を感知したのだろう、莉絵の顔から笑いが消えた。

「お願いだから……」

高々と莉絵の身体を持ち上げたまま、殺人鬼はぴたと動きを止めた。涙でぐしょぐしょになった美砂子の顔を凝視し、わずかに首を傾げる。

「やめて。ね、お願い。その子は、その子だけは……」

通じたのかもしれない、と美砂子は思った。

いくら残忍非道な殺人鬼でも、人間である以上、何の罪もない、こんな幼い子供にまでひどい真似はできないはずだ。そうだ。そうだとも。この男も、あたしたちと同じ血の通った人間である以上は……。

「お願い。放してやって」

ひざまずき、涙声で懇願した。

「お願いです。お願いします」

だが、しかし――。

美砂子の考えは甘かった。追いつめられた人間の、あまりにも愚かな期待であったとしか云《い》いようがない。

殺人鬼はあくまでも殺人鬼であり、それ以外の何者でもないのだった。いくら血が通っていようが人の形をしていようが、そんなことはまったく彼の本質とは関わりがない。彼はただひたすらに「殺人鬼」なのである。

人を殺す。しかも、できる限り残虐なやり方で。

それだけのために、彼はこの世に存在するのだった。

殺される者たちの味わう恐怖や苦痛こそが、彼の狂える心に喜びをもたらす。彼の邪悪なエネルギーの源となるのだ。

「お願いしますお願いします」

美砂子は懇願しつづける。

「お願い……」

醜く爛《ただ》れた殺人鬼の唇が、にいっと歪《ゆが》む。

頭上に持ち上げた莉絵の身体を、そして彼は、情け容赦なく足もとのアスファルトに叩《たた》きつけた。びっくりしたような莉絵の声が短く響き、消えた。

「うわあっ」

美砂子は頭を抱え込んで叫んだ。

「莉絵ぇ！」

ぐにゃりと路上に横たわった幼い獲物の姿を、殺人鬼は冷ややかに見下ろした。それからおもむろに、先ほど冴島の腰を踏みつけたのと同じ足を、横を向いて目を閉じた子供の頭の上に乗せる。

足に力を込めた。

ぐしゅうっ、と水の入ったビニール袋が破裂するような音がして、子供の頭が潰《つぶ》れた。

小さな手足がぴくりと宙に跳ね上がり、すぐ地に落ちた。

「うわあああ……」

美砂子はみずからのこめかみに爪を立てて叫びつづける。

「莉絵を、あたしの子を」

殺人鬼は上体を折って右手を伸ばし、完全に動かなくなった子供の身体をふたたび持ち上げた。

莉絵の顔はもはや、まったく原形をとどめてはいなかった。

踏み割られた頭蓋骨《ずがいこつ》。割れ目から中身がどろどろと溢《あふ》れ出し、血と混ざり合って頭部を包んでいる。つい何秒か前までそこに幼い命が宿っていたことがとうてい信じられぬような、おぞましくも無惨な肉の塊――。

「莉絵ちゃん、莉絵ちゃん……」

狂乱する母親の反応を楽しむかのように、殺人鬼は死体の片足を掴《つか》んでぶらぶらと振ってみせる。

「莉絵……あああああ」

殺人鬼は左手でもう片方の足首を掴む。そのまま顔の高さまで持ち上げると、一気に両腕を左右へ広げた。

べりべりと異様な音を立てて、死体の股《また》が引き裂かれる。裂け目はピンクのセーターを着た胸のあたりにまで及び、湯気を立てた腸管がぬらりと外へ飛び出した。

「うあ……」

美砂子の叫び声が途切れる。顔の筋肉が惚《ほう》けたように弛緩《しかん》する。

「……何てことを」

高熱に浮かされたような声で、美砂子は口走った。

「この、けだもの」

理性の箍《たが》が外れつつあった。死の恐怖を押しのけ、突然に最愛の者たちを失ってしまった悲しみを覆い消しながら、眼前の理不尽な殺戮《さつりく》者に対する激しい憎しみと憤りが（あたしの莉絵を……）燃え広がっていった。

「殺してやる」

（あたしの子を、よくも）

立ち上がり、車の運転席に引き返す。震えの止まらぬ手でサイドブレーキを外し、ギアを入れる。

「殺してやる！」

激情に衝《つ》かれ、美砂子は思いきりアクセルを踏んだ。

車が猛然と突進してくるのを見ても、殺人鬼は身じろぎ一つしなかった。莉絵の死体をぶらさげたまま、平然とそこに立ちはだかっている。

エンジンが回転を上げる。

美砂子はハンドルを握りしめ、まっすぐ殺人鬼に向かって突っ込んでいった。ところが――。

図体《ずうたい》が大きいぶん、敏捷《びんしょう》性に欠けるのかもしれない。先ほど美砂子がそう思ったのは、まったくの間違いであったと云わねばなるまい。車に撥《は》ね飛ばされる寸前、殺人鬼はその巨体をひらりと宙に躍らせ、ボンネットの上に跳び乗ってきたのである。

次の瞬間――。

ばっ、と目の前が真っ赤になった。フロントガラスが血で染まったのだ。殺人鬼が莉絵の死体を振りまわし、そこに打ちつけたためだった。

潰れた肉団子のような莉絵の顔が、べったりとガラスに張り付いた。鼻も口も完全に形を失っている。眼球はあらぬ方向へ飛び出している。

(これが、莉絵なの?)

美砂子は絶叫した。

(これが?)

やみくもにクラクションを鳴らし、アクセルを踏み込んだ。前方がよく見えないのにも構わず、左右に急ハンドルを切って殺人鬼を振り落とそうとした。

殺人鬼はいくらかバランスを崩したが、すぐに体勢を立て直した。ボンネットの上で膝《ひざ》立《だ》ちになり、右手の拳《こぶし》をフロントガラスめがけて突き出した。

血で染まったフロントガラスいっぱいに、巨大な蜘蛛《くも》の巣状の罅割《ひびわ》れが広がった。飛び散った細かな破片が、美砂子の顔面に突き刺さる。思わずハンドルから両手を離し、顔を押さえた。

罅割れの中央から、殺人鬼の太い腕が突き入れられた。血とガラスの破片にまみれた美砂子の髪を摑む。

「いやあっ！」

美砂子の腰が座席から浮き上がった。アクセルから足が離れる。ガラスにうがたれた穴を割り広げ、首から上が車外へ引きずり出された。美砂子は両手両足をしゃにむに動かした。だが、殺人鬼の怪物じみた力にはかなうはずもなかった。

運転者を失った車が、峠道を迷走しはじめる。殺人鬼はそれを気にすることもなく、右手で美砂子の髪を摑んだまま、左手でフロントガラスにへばりついていた子供の死体を引き剝《は》がした。

「いやよおっ！」

美砂子は狂乱し、泣き喚《わめ》く。その大きく開いた口の中へ、殺人鬼は、潰れてぐずぐずになった死体の頭部を無理やり突っ込んだ。そして——。

「喰《く》え」

抑揚のない声を吐きつけた。

「さあ、喰え」

その言葉を聞き取り、その意味を把握する力は、このときの美砂子にはもうすでになかった。殺してやる、という憎しみと憤りもとうに萎《な》えていた。耐えがたい恐怖と苦痛にさいなまれつつもしかし、いきなり口の中に押し込まれてきた生臭いものが何であるのかだけは、かろうじて察知した。

（……莉絵だ）

そう理解した瞬間――。

理性を失いながらも、どうにか〝正常〟の領域内に踏みとどまっていた美砂子の精神は、テレビのチャンネルが切り替わるようにして大きく〝狂気〟の領域へとジャンプしたのだった。

（莉絵の、肉だ）

「喰え」

殺人鬼が繰り返す。

「喰え」

（莉絵の）

（あたしの子の……）

唇に、柔らかな肉の感触。舌にまとわりついてくる、濃厚な血の味。

「喰え」

……食べる？

これを、食べるの？

不透明な乳白色の渦が、心の中に生まれていた。髪を引っぱられる痛み、ガラスが顔や首のまわりに突き刺さる痛み、呼吸困難、吐き気……それらの感覚がすべて、その渦の中へと吸い込まれ、意識の表面から消え失《う》せていく。

食べるの？　これを。

そう云《い》えばちょっと、おなかが減ってきたような気もするわ——と、美砂子は思った。出発の前に軽く食べただけだもの。ねえ、あなた。町に入ったらどこか喫茶店に寄るんでしょ。そこで何か食べましょうよ。ね？　莉絵もそろそろおなかが空《す》いてきてるみたい。だから、ねっ？　今晩はどんな食事が出るのかしら。山だから魚は出ないよね。川魚が出たりしたらいやだなあ。だってあたし、苦手なの。何だか生臭くって。莉絵が食べられるようなものもあるわよね、きっと。ねえ、あなたってば……。

「喰え」

と、さらに殺人鬼は命じた。

あらあら、そうなの。もう夕飯なのね。道理でおなかが減ってるはず。でもほんと、あなたとこんなにゆっくりできるのって何年ぶりかしら……。

口の中に押し込まれた肉に、美砂子は歯を立てた。だが、川魚とはまた違った生臭さがあって、それに何だか髪の毛のような異物が交じっていて舌に絡んでくるものだから、お世辞にも美味《おい》しいとは云えなかった。

車はその間も迷走を続けていた。アクセルを踏む者がいないので、徐々にスピードは落ちてきている。しかし、まもなく――。

殺人鬼と美砂子を乗せたまま、車はガードレールを突き破った。急な斜面を、深い谷底へと転がり落ちていく。

激しい衝撃の繰り返しとともに、世界がぐるぐると回転した。やがてそれが止まったかと思うと、今度は凄《すさ》まじい爆発の音が耳をつんざいた。真っ赤な炎が、一瞬にしてすべてを覆い尽くす。

(……ああ、熱い)

わが子の屍肉《しにく》を口いっぱいに頬張りながら、美砂子は朦朧《もうろう》とした心の中で、どうして急に火事が起こったんだろうと考えていた。

熱い。

どうして火事なんかが？　――熱い。とても熱い。ああ、こんなにも。

(このままだと、もう……)

それが美砂子の、そのときの最後の意識であった。

午後三時四十分。日没までにはまだかなりの時間がある。

第2章　目撃

1

地階の一角に、飲み物や煙草の自動販売機が設置されている。それで缶入りのコーラとココアを一本ずつ買うと、白河愛香《しらかわあいか》はエレヴェーターの前を素通りして階段へ向かった。

エレヴェーターを使わなかったのは、扉の前でジャージー姿の中年男が待っていたからだった。ここの入院患者なのだろうが、その陰気で気難しそうな顔つきを見て、いやだなと思った。狭いケージの中でこの人と二人きりになるのは、ちょっと遠慮したい。

地下一階から最上階の地上四階まで、五階ぶんの階段はさすがに少しきつかった。

冷たいコーラと熱いココア。素手で持つにはコーラの缶は冷たすぎ、ココアのは熱すぎた。春物のセーターを着た胸と腕の間に二本を挟み込んで持ち、乱れた息を整えながら廊

下に足を踏み出したところで、

「こんにちは、愛香ちゃん」

ちょうどナースステーションから出てきた顔見知りの看護婦に声をかけられた。喜多山《きたやま》静子《しずこ》という名の、四十がらみの痩《や》せた女性である。

愛香が「こんにちは」と挨拶《あいさつ》を返すと、看護婦は人の良さそうな笑みを広げて、

「お母さんと真実哉《まみや》君は？」

「母は院長室のほうに」

立ち止まり、愛香は答えた。

「伯父と話を。弟は病室にいます」

「そう。いつも東京から、遠くて大変ね」

「ええ。でも……」

「大丈夫ですよ。きっとお父さん、良くなられますから」

「でも」と繰り返しかけて、「ありがとう」と云い直した。

いま病室のベッドで寝ている父が実際のところどういう状態にあるのかは、母から聞かされてとうに知っている。そのことをこの看護婦が承知しているのかどうかは分からないけれど、たとえ承知していたとしても、まさか患者の娘——しかもまだ中学生の——を相手に「回復の見込みはない」などと云うわけにはいかないだろうから……。

看護婦は続けて何か話しかけてこようとしたが、

「弟が待ってますから。ココアが飲みたいって云うから、下で買ってきたんです」

そう云って、愛香は歩を進めた。通り過ぎる自分に向けられた相手の目に、同情とも哀れみとも取れる色がかすかに見え、それが彼女をかえってやりきれない気分にさせた。

廊下の突き当たりを左に折れる。父の病室はさらにそのいちばん奥の右手、建物の南西の角に位置する個室だった。

〈511〉と番号の記されたプレートが、白いドアの上方に貼ってある。この病院では、不吉な数字だという理由で、「死」を連想させる「4」と「苦」を連想させる「9」は部屋番号に使われていない。もしもそういったタブーがなかったならば、四階の九号室に当たるこの511号には〈409〉の数字が与えられているはずであった。

ドアを開けると、床に倒れた真実哉の姿が目に飛び込んできた。

「真実哉？」

愛香は驚いて弟のもとへ駆け寄った。コーラとココアの缶が腕から滑り落ち、リノリウムの床を転がる。

「どうしたの、真実哉」

入って正面奥――西向きの窓の手前に置かれた肘掛《ひじか》け椅子のそばに、真実哉はいた。黄色いトレーナーにオーバーオールのジーンズを着た小柄な身を胎児のように丸め、横を向いて倒れている。

（またあの〝発作〟が？）

呼びかけながら、愛香はぐったりと力を失った弟の身体に手をかけた。

「真実哉」

「真実哉……」

顔を覗《のぞ》き込んだ。

もともとあまり良いほうではない顔色が、血の気を失って蒼白《そうはく》になっていた。目を閉じ、口は半開きにしている。苦しんでいる様子もない代わり、ほかの表情もいっさいない。それこそ、まるで魂を抜かれてしまったかのように。

肩を揺すったが、真実哉は目を開けない。愛香は身を折り、口もとに耳を寄せた。呼吸は正常なようだ。硬直だの痙攣《けいれん》だのといった病的な症状もない。

いつもと同じ〝発作〟だろうか。

だったら、放っておけばそのうちけろりと目を覚ますはずだ。倒れたさいに頭を打ったり舌を噛《か》んだりした様子はないし……。

そう考えて、愛香はいくらか落ち着きを取り戻した。

ときとしてこういった失神状態に陥ってしまう病癖が、真実哉にはある。愛香もこれまで何度か、彼が〝発作〟を起こす場に居合わせたことがあった。

一度めは、今でもよく憶《おぼ》えている、三年前の八月——真実哉が六歳のとき。日曜日の夜に家族で食事に出た、その帰りの車中で急に気を失ってしまったのだった。

最初はみんな、眠っているのかと思った。だが、いくら声をかけても身体を揺すっても目を覚まさない。そんな状態が何分も続き、病院へ向かおうかどうしようかと迷っているうちに真実哉の意識は戻った。まわりの心配をよそに、本人は何でもない顔で「変な夢を見た」と云《い》った。「でも、何だかとても怖い夢だった」とも云っていたように思う。

以来、真実哉はときどき同じような〝発作〟を起こす。〝発作〟と〝発作〟との間隔や気を失っている時間は非常にまちまちで、その原因も不明であった。

癲癇《てんかん》の疑いがあるのではないかということで、これまでに何人かの専門医の診察も受けてみた。

しかしまず、いわゆる癲癇の大発作とはあまりにも症状が違いすぎる。引きつけや痙攣はまったくないし、脳波にもとりたてて異常が見られない。ヒステリーの一症状か、あるいは「居眠り病《ナルコレプシー》」と呼ばれる原因不明の病気かもしれないという声もあったが、結局のところ、医師たちの所見はいずれもしごく曖昧《あいまい》なものでしかなかった。

「真実哉」

もう一度声をかけ、平手で軽く頰を叩《たた》いてみた。が、依然として反応はない。看護婦を呼んでこようか。それとも先に、母に知らせたほうがいいだろうか。

「真実哉、起きなさい」

愛香は声を大きくした。

「真実哉ってば」

そこでようやく、「ううん」とかすかに唇が動いた。

「真実哉？」

良かった、もう大丈夫だ――と思ううち、ものに驚いたようにびくっと全身を震わせ、真実哉は薄く目を開いた。

「……ああ、お姉ちゃん」

2

激しい衝突音が響き渡り、続いて世界がぐるぐるとまわりはじめた。やがてそれが止まったかと思うと、今度は凄《すさ》まじい爆発の音が。真っ赤な炎が、一瞬にしてすべてを覆い尽くし……………びくっと全身を震わせ、白河真実哉は正気を取り戻した。

「真実哉？」

と、耳もとで声が聞こえた。

「……ああ、お姉ちゃん」

「大丈夫？」

ボーイッシュなショートヘアに気の強そうなぱっちりとした二重瞼《ふたえまぶた》の目。——見慣れた彼女の顔が、そこにあった。白河愛香、十四歳。この四月から中学三年生になる、五つ年上の真実哉の姉である。

「いつものやつ？」

愛香はほっとした表情だ。ずいぶんとまた心配させてしまったようだった。

「大丈夫なの。どこも怪我してない？」

「うん」と弱々しく頷《うなず》くと、真実哉は蒼《あお》ざめた顔でぶるんと頭を振り、ゆっくりと身を起こした。

手と足の指先が、冷たく痺《しび》れている。心臓の鼓動が、どこか遠くの場所から聞こえてくる。何だかまだ、この身体が自分のものではないような感覚だった。

「けど——」

両手を開き、幾度か握りしめてみた。同じ年ごろの少年たちに比べて決して大きいとは云えない、生白い掌《てのひら》。うっすらと脂汗が滲《にじ》んでいる。しみじみとそれを見つめたあと、傍らに膝《ひざ》を突いた姉の顔へと視線を上げた。

「けどね、ぼく……」

「なあに？」

愛香はふっくらとした血色の良い頰を膨らませ、ちょっと怒ったような目つきで弟を見すえた。

「また何か、変な夢を見たって云うの」

「違うよ」

と、真実哉は訴えた。

「夢じゃないんだ」

「また云ってる」

「お姉ちゃんには分からないよ。だって、あんなふうになったことないんだもの」

「そりゃあそうだけど」

「あの感じ……」

ぺったりと床に坐《すわ》り込んだまま、真実哉は真顔で云う。

「夢じゃない。ぼくの心がね、ぼくの身体から離れて、どこか別のところへ飛ぶんだよ。そしてね、そこにいる人の〝目〟になるの」

「分かった分かった。〝目〟になっちゃうのね」

こくこくと首を縦に振って真実哉のそばを離れると、愛香は床に落とした二本の缶を拾い上げた。小テーブルを挟んで置かれた肘掛け椅子の一つに腰を下ろし、コーラのプルトップを開ける。それから真実哉のほうを見やって、

「びっくりさせないでよね、ほんとに。――なんて云ってみてもどうしようもないのは分かってるけどさ」

「ごめんなさい、お姉ちゃん」

小声であやまって、真実哉は立ち上がった。愛香と向かい合って椅子にかける。

「はい、ココア。熱いやつね」

「――ありがとう」

姉が差し出した缶入りココアを受け取ると、真実哉はそろそろと周囲を見まわした。

X郡羽戸町の外れに建つ「白河外科病院」、その四階511号室。時刻は今、午後三時五十分になろうとしている。

部屋は夕暮れどきのように薄暗かった。

壁も天井も、白ではなくて汚れた灰色に見える。南向きの窓があるから、いつも昼間はもっと明るいのに。窓から見える空は、いつしかすっかり分厚い黒雲に覆われていた。

真実哉が例の感覚に囚《とら》われたのは、愛香が地階の自動販売機まで飲み物を買いにいった直後のことだった。今から十五分近く前になるだろうか。

姉が出ていったあと、真実哉は西向きの窓辺に立って外の風景に目を馳《は》せた。そのときから、いや、それ以前からもう、明るかった空の色が翳《かげ》りはじめていたように思う。

窓にもたれ、病棟の裏手に広がる雑木林を眺めていた。すると不意に……。

それはいつも、何の前触れもなくやってくる。頭痛や眩暈《めまい》、眠気といった前駆症状はいっさいなしに、突然ふわりと、心が身体から離れてしまうのである。

急に全身から力が抜け、その場にくたりと倒れ込んでしまう。自分の意思では身体が動かせなくなる。いけない――と思うまに、身体を離れた心は眩《まぶ》しい白銀の光に吸い込まれるようにして〝現実〟から遠のいてしまい、そして……。

心がどこかに飛ぶ。

本当にそんな感覚なのだった。

飛んでいって、そこにいる誰かの〝目〟になる。

しかし、やがて心が身体に戻ったときには、〝目〟になって経験した出来事の記憶はひどく曖昧なものになっている。

夢を見ていただけだ。まわりのみんなはそう決めつけるけれど――真実哉自身も初めのうちはそう思ったのだけれど――、それは違うと思う。普通に眠って見る夢とは、まるで感じが異なるからだ。

〝発作〟の時間は短くて数十秒、長い場合で数十分に及ぶ。正気に戻ったときには、その間〝現実〟の自分の肉体がどういう状態にあったのか、まったく憶《おぼ》えていない。

一方、肉体を離れた心のほうは、その間も確かに何かを見、聞き、感じたり考えたりしている。少なくともそれが真実哉自身の実感である。

では、いったいどこへ飛んでいたのか。誰の〝目〟になっていたというのか。

そう問われても、真実哉にはうまく答えられない。〝何か〟を見たのは確かなのだが、具体的に何だったのかはどうしても思い出せないことが多いのだ。この点については、それは夢に似ているとも云えた。

当然ながら、そのような非現実的で不明確な感覚をいくら訴えてみても、誰も言葉どおりに受け止めてはくれなかった。姉はもちろん母も、元気だったころの父も、友だちや教師も、医師たちも。いつも「また夢を見たんだね」のひと言で片づけられてしまう。

今までのところ、真実哉の云うことを真面目に聞いてくれた人間はたった一人しかいない。去年の夏、検査のために短期入院した東京の病院で知り合った女の人だ。彼女の名は茜《あかね》――茜由美子《ゆみこ》といった……。

ぬるくなったココアを少し喉《のど》に流し込み、真実哉は南向きの窓のほうへと目を転ずる。缶を持ったままふらりと立ち上がり、何気なくそちらへ向かって足を進めた。

思い出さなきゃ、いけない。

なぜか、いつにも増して強くそう思った。

さっき「見た」もの。さっき誰かの〝目〟になって目撃した、あれは……。

窓からは、荒れた裏庭を挟んで小さな沼が見下ろせる。せいぜい小学校のプールほどの大きさしかない沼だった。鉛色の水面《みなも》が、風を受けてかすかに波立っているのが見える。

手前の岸辺には、見事に花を咲かせた桜の木が立ち並んでおり、そこだけが何かしら異世界めいた華麗さで風景から浮き出していた。

沼の向こうには、西側と同じような鬱蒼《うっそう》とした雑木林が広がっている。そのさらに向こうには、黒々と連なる山々の影。

ふと――。

林の中からひと筋、黒い煙が立ち昇っているのを見つけた。この病院からは相当に遠く離れた場所である。

(何だろう)

訝《いぶか》しく思ったのとほぼ同時に、

「あっ」

思わず真実哉は声を上げていた。

「何？」

背後から愛香が訊《き》いた。

「今度はどうしたの」

「ああっ」

真実哉は続けて声を上げる。

「あああ……」

脳裡《のうり》に浮かび上がってきたのだ。さっき正気に返る寸前まで、誰かの〝目〟になって見ていた、あの光景が。

「……大変だ」

真実哉は窓から離れ、椅子に坐った姉のもとへ駆け戻った。

「大変だ。大変なんだよ、お姉ちゃん」

「何よ。どうしたって云《い》うの」

「見たんだよ、ぼく。あの女の人の〝目〟になって、見たんだ」

「何だ。まだその話？」

「ほんとだよ。ほんとに見たんだよ」

真実哉は躍起になって訴えた。相手にしようとしない愛香のセーターの裾《すそ》を摑《つか》んで引っぱりながら、

「大変なことなんだ。ねえお姉ちゃん、ちゃんと聞いてよ」

「分かった。分かったってば」

愛香は面倒臭そうに応《こた》え、コーラの缶をテーブルに置いた。

「はい、聞いてあげるから。いったいどんな夢を見たの」

（夢じゃない！）

真実哉は大きくかぶりを振って、真剣な眼差《まなざ》しを姉の顔に向けた。

「男が、物凄《ものすご》い大男が襲いかかってきたんだ」

声を高くして、真実哉は云った。

「最初は車を運転してた男の人がやられて、次はその子供がやられて、それで、その子のお母さんが車でそいつに突っ込んでって」

「ちょっと、真実哉」

「めちゃくちゃする奴なんだ。めちゃくちゃするんだよ」

「真実哉、何を云ってるの。めちゃくちゃするって、それ……」

「殺すんだ。めちゃくちゃして殺すんだ」

「殺す？」

愛香の表情がさっと険しくなった。軽く下唇を嚙《か》み、弟をねめつける。

「いいかげんにしなさい、真実哉。何を云いだすのかと思ったら、よりによってそんなことを」

そう云って彼女は、ちらりとベッドのほうへ目をやる。仰向《あおむ》けに寝たまま微動だにしない二人の父、白河誠二郎《せいじろう》の姿が、そこにはあった。

「でも、ほんとなんだ。ほんとなんだよ。ぼく、見たんだ」

真実哉は懸命に続けた。

「どろどろの服を着て、化物みたいな顔をしてて、凄《すご》い力なんだ。車が突っ込んでいくと跳び乗ってきて、前のガラスを割って、それで……」

「もう。いいかげんにしないとお姉ちゃん、怒るよ」

「それでね、車は崖《がけ》から落ちて、それで……ああ、そうだ」

真実哉の頭の中でそのとき、一つの結びつきが完成した。本気で怒りだしそうな姉の様子を無視して、彼はすぐにそれを言葉にした。

「殺人鬼だ」

愛香の顔がますます険しくなる。

「あいつがきっと、あの山でお父さんたちを襲った殺人鬼なんだ。長谷口《はせぐち》のおじさんが云ってた奴。縄井《なわい》のおじさんを殺した奴。お父さんをひどいめに遭わせた奴。あいつがきっと……」

「やめなさい」

愛香の手が、ぴしゃりと真実哉の頰を打った。びっくりして頰を押さえる弟から顔をそむけて、

「もうやめて。何を考えてるの、あんた。そんな……お父さんが寝ている横で、そんな話をしないでちょうだい」

大きく見開いた目が潤み、今にも涙が溢《あふ》れそうになっている。「だけど」と云いかけて、真実哉は口をつぐんだ。気丈な姉を意図せずして泣かせてしまった。そのことが、少なか

らずショックだった。

昂《たかぶ》った神経をせいいっぱいの理性で抑えつけながら、「ごめんなさい」と真実哉は謝罪した。

「ごめんね、お姉ちゃん。分かったよ。もう云わないよ」

「…………」

そろりとベッドのほうを見やった。

包帯が巻かれた頭。点滴のチューブが刺し込まれた腕。……父は少しも動かない。喋《しゃべ》りもしない。こちらの声が聞こえているのかどうかも分からない。

そんな、いわゆる「植物状態」が、この半年間ずっと続いているのだった。

3

病室のドアが静かに開き、母と伯父が入ってきた。

母の名前は聡美《さとみ》。三十五歳とまだ若い。大学時代に五歳年上の誠二郎と知り合い、まだ学生のうちに結婚した。愛香は母が二十一のときの子供で、もちろん憶《おぼ》えてはいないが、大学の卒業式には母子《おやこ》で出席したのだという。どちらかと云うと、愛香はこの母親似の、真実哉のほうは父親似の子供だった。

伯父は白河啓一郎《けいいちろう》といって、誠二郎の兄に当たる人物だ。父方の祖父が開業したこの白河外科病院の、二代めの院長である。背が高くがっちりとした、あまり医者には見えないような体格で、熊のような丸い髭面《ひげづら》に、それとは少しばかり不釣り合いな洒落《しゃれ》た金縁眼鏡をかけている。

「どうかしたの、二人とも」

椅子に向かい合って坐《すわ》ったまま項垂《うなだ》れた愛香と真実哉の様子を見て、聡美はすぐさま、そこに漂う気詰まりな雰囲気を察知したようであった。

真実哉が黙って首を横に振る。それを目の端で捉《とら》えながら、

「また〝発作〟があったのよ」

と、愛香が答えた。聡美は「まあ」と息子の顔を見やり、

「いつもと同じような？」

「――うん」

真実哉は小さく頷《うなず》いた。

「わたしがちょっと病室を出ているまに、ここで倒れちゃって」

と、愛香が説明を加える。真実哉はしゅんと肩を落としたままだった。さっきみたいに、気を失っている間に「見た」もののことを云い立てようともしない。

強く叱りすぎたかな、と愛香は思った。頬をぶってしまったのも後悔している。五歳も

年が離れた弟の他意のない言葉で、あんなふうに取り乱してしまった自分が情けなくもあった。

真実哉にしてみれば、よっぽどその「殺人鬼」の悪夢が恐ろしく、生々しいものだったのだろう。だから、あんなに……。

「もう大丈夫なの。怪我はなかった？」

心配そうに訊きながら、母が真実哉に歩み寄る。真実哉は椅子にかけたままその顔を見上げ、続いてちらっとベッドのほうに視線を投げてから、黙ってまた小さく頷いた。

「怖い夢を見たらしいの」

愛香が云った。

「人が殺される夢なんだって」

聡美の表情がこわばる。真実哉の唇がほんのかすかに動いた。「夢じゃない」と、そう呟《つぶや》いたように見えた。

「まあまあ、心配は要《い》らんさ」

と、伯父がそこで口を開いた。

「ひととおりの検査は受けて、脳波なんかには異常がなかったわけだろう。ならば、何か心因性のものだ。気楽に構えていれば、いずれ治まってくる」

「だといいんですけれど」

母は物憂げな目で息子の顔を見すえる。応《こた》えて真実哉が、

「大丈夫だよ、お母さん。心配しないで」

と云《い》った。その声にはけれども、まるで元気がない。

聡美はそれから、ベッドのそばへと足を向けた。伯父がその傍らに立ち、横たわった誠二郎を二人して見下ろす。愛香は椅子から立ち上がり、二人の背後から覗《のぞ》き込むようにして、改めて父の顔を見た。

安らかな表情だった。何の予備知識もなしにこの顔を見たなら、きっと単に熟睡しているだけだと思うだろう。

しかし現実にはそうではないことを、今この部屋にいる者は皆、知っている。真実哉にしても、もう小学校の四年生だ、「回復の見込みはゼロに等しい」という言葉の意味を彼なりに理解しているはずだった。

父がこんなふうになってしまったのは半年前、昨年の九月のことであった。

九月十二日の土曜日から一泊の予定で、白河誠二郎は友人二人とともに、ある山に登った。山登りは彼の昔からの趣味で、友人二人――長谷口弘《ひろし》と縄井邦雄《くにお》――はどちらも学生時代からの登山仲間だった。

双葉山というその山について、それまでにも愛香は、何やら良からぬ噂を聞いたことがあった。呪われた「魔の山」。忌まわしい殺人事件が過去、何件も起こった山。……母も

その噂を知っていて、だから父が双葉山へ行ってくると告げたときには、多分に不安そうな顔をしていた。

父自身はしかし、まったくそんな話を気に懸けてはいないふうだった。

「あのあたりの山は昔、ひととおり登ったことがある。それでもこうしてぴんぴんしている」

そう云っていつものように陽気に笑っていた父の顔を、今でも思い出せる。

「でも、けっこう有名よ。双葉山には人殺しの怪物が出るって」

母が云うと、父は厚い胸板をキングコングのように両手で叩《たた》いてみせ、

「本当に怪物が出てきたら、とっつかまえて大学に持ってって標本にしてやるさ」

などとおどけていた……。

白河誠二郎は大学の医学部を卒業したあと、病院は兄貴に任せると云って大学院に残り、解剖学の教室で研究を続けていた。三十代半ばにして助教授になり、研究者としての将来を嘱望されてもいた。そしてそんな、優秀な学者でありなおかつ屈強な山男でもあった父は、娘の愛香にとってずっと理想の男性像でありつづけてきたのである。

ところが――。

凶報は九月十三日の夜、帰りの遅い父の安否を家族が心配しはじめたところへ舞い込んだ。

双葉山があるX郡X町の警察に、一緒に山に登った長谷口弘が重傷を負って保護されたというのだ。彼の証言により、三人が双葉山山中で正体の知れぬ何者かに襲われたのだということが分かった。

その夜から翌朝にかけての捜索の結果、全身をずたずたに切り裂かれた縄井邦雄の他殺死体が発見された。誠二郎はそれよりも少し遅れて、山中の崖《がけ》から落ちて意識不明の状態になっているところを救出された。すぐに地元の病院に運ばれ、どうにか一命は取り留めたのだが、しかし――。

回復不能。

やがて下された宣告は非情だった。

要は「植物状態」の患者として、このまま死ぬまでベッドに寝かせておくしかない、という話なのである。

「《植物状態》

急性期を過ぎ定常期となって以下の六項目を満たしている場合をいう。

1　意思の疎通が不可能

2　自力移動が不可能

3　発語が不可能

4　視覚による認識が不可能

5　糞尿《ふんにょう》失禁
6　食事摂取が不可能」
父の書棚から医学辞典を引っぱり出して調べた「植物状態」の説明文を、愛香はほぼ暗記してしまっている。

「思考などの知的機能や動物的機能の多くが廃絶し、ほとんど循環・消化・呼吸などの植物的機能のみが残存した状態である。原因としては頭蓋《ずがい》内出血や脳挫傷《のうざしょう》によって脳嵌頓《のうかんとん》（脳ヘルニア）を生じ、治療によって救命したが意識が回復しない場合とか……」

その後、誠二郎の身はいったん東京の病院に移された。しかしまもなく、家族の経済的・心理的な負担をおもんぱかって、伯父の啓一郎がこちらの病院に引き取ろうと申し出てくれ、母はそれに従うことにしたのだった。

一方で、助かった長谷口弘が今年に入ってから悲惨な最期を遂げた事実を、愛香は知っていた。

事件直後の錯乱状態から抜け出したあともずっと、彼は精神の不安定を訴えて病院通いを続けていた。ところが、ある日とうとう、出勤途中の駅のホームから電車に飛び込んで自殺してしまったのだ。聞くところによれば、彼は夜毎ひどい悪夢にうなされては、「あいつが来る。俺を殺しにくる」などと口走っていたらしい。つまりはそれほどまでに、双葉山での事件は彼にとって恐ろしい体験だったわけである。

「伯父さんがね、今晩は泊まっていけばいいって云ってくださってるのよ」

やがて聡美が、愛香と真実哉のほうに向き直って云った。

「お母さん、あしたはお仕事、休めないから、今晩中に東京へ戻らないといけないんだけれど。あなたたちだけでもどうかって。和博《かずひろ》さんもちょうどこっちに帰ってきてるそうだし。どうする？　愛香」

和博というのは啓一郎伯父の息子、すなわち愛香たちの従兄《いとこ》の名である。医科大学の三年生で、今は横浜に下宿している。同じ剣道をやっていることもあって、愛香は昔から彼を兄のように慕っていた。

「せっかくだから、ゆっくりしていくといい。まだ春休みだろう」

伯父が云った。

「愛香ちゃんが何か手料理でも作ってくれたら、なおいい」

「もう。伯父さん、それ皮肉？」

「いやいや」

と笑って、伯父はぼりぼりと頭を掻《か》く。その仕草が何となく元気だったころの父に似ていて、愛香はふと泣きだしたいような気分になった。

4

沼の向こうの雑木林の中からは、相変わらず黒い煙がひと筋、狼煙《のろし》のように立ち昇っている。

（ひょっとして、あれは——）

先ほどと同じ南向きの窓辺に身を寄せ、真実哉は思う。

（崖から落ちたあの車が燃えてる煙、だったりして）

振り返り、姉の様子を窺《うかが》った。母と伯父はいない。何か用事があるらしく、二人してまた部屋を出ていってしまった。

愛香は椅子にかけ、音量を小さく絞ったテレビの画面を眺めている。真実哉の動きを見て、「何？」と首を傾げた。もうさっきみたいな怖い顔をしてはいないけれど、ここで〝発作〟中に「見た」ものの話を蒸し返したりしたら、きっとまた怒らせてしまうだろう。

真実哉は何も云わず、窓に向き直る。立ち昇る煙に目を凝らす。

（どうなったんだろう、あの女の人）

何だか息が苦しくなってきた。真実哉はそっと窓を開け、暗い空を仰ぎながら深く外気を吸い込んだ。

どうなったんだろう。車が落ちて、爆発して……死んでしまったんだろうか。あの男のほうは、じゃあ？

あの大男の、醜く爛《ただ》れたおぞましい顔が脳裡《のうり》にまた浮かぶ。血走った残忍な目。怪物じみた太い腕……。

ぞっ、と背筋に震えが走る。細かくかぶりを振り、窓枠に乗せた手に力を込めた。

（夢じゃない、あれは）

（あいつが――あの男が、「双葉山の殺人鬼」なんだ）

（山から降りてきたんだ……）

先ほどのような〝発作〟に襲われたのは、今年になってからこれで二度めだった。真実哉は思い出す。この前――一月下旬のある日に起こった〝発作〟のさいに「見た」もののことを。

その日は金曜日だったが、真実哉は風邪をひいて高熱を出し、学校を休んでいた。そうして寝込んでいたさなかに、それは起こった。

肉体を離れた真実哉の心は、駅のホームに立っているある男の人の〝目〟になった。〝目〟は周囲の人混みを見まわしていた。何かにひどく怯《おび》えているようで、びくびくとまるで落ち着きがなかった。

「……来る」

列車の到着を予告するアナウンスに交じって、その男の呟《つぶや》く声が聞こえた。

「あいつが来る。あいつが」

〝目〟の動きが、ぎくりと止まる。

「来た。来たんだ。あいつだ。あいつが俺を殺しに……」

ホームの雑踏の中に、おもむろに黒い人影が浮かび上がる。身の丈二メートルもありそうな、巨大な何者かの影——。

男が狂気に憑《つ》かれて見た幻影を、彼の〝目〟になった真実哉の意識もまた捉《とら》えたのだ。

影が、大きく両腕を広げてこちらへ向かってくる。男は「ひっ」と喉《のど》を詰まらせ、抱えていた鞄《かばん》を放り出した。

「来る……。助けてくれぇ」

人波を掻《か》き分けてその場から逃げ出す。そして——。

線路への転落。勢いよくホームに滑り込んできた急行列車。絶叫……。

正気を取り戻した真実哉は、そのときも自分が「見た」光景を思い出すことに成功し、母を相手に舌足らずな言葉で訴えた。男の人が死んだ、電車に轢《ひ》かれて死んでしまったんだ——と。

けれども母は、「熱で悪い夢を見たのね」と云《い》って取り合ってはくれなかった。

父の友人で、何度か家に遊びにきたこともある長谷口弘が、その同じ日の朝、駅のホームから転落して死んだ事実を知らされたのは、それから四日後であった。

あれは長谷口のおじさんの〝目〟だったんだ。真実哉はそう考えたが、どうせ信じてはもらえないだろうと思い、もう誰にもそのことを話そうとはしなかった。

あのとき「見た」何者かの影。ぼんやりとしていて、真っ黒で、どんな顔や服装をしているのかは分からなかったけれど――。

先ほどの〝発作〟の中で「見た」大男の姿が、その影に重なる。

――あいつが来る。

長谷口の声が耳に蘇《よみがえ》る。

――あいつだ。あいつが俺を殺しに……。

（あいつが本当に、双葉山から降りてきたんだ）

真実哉はきつく目を閉じ、細かくまたかぶりを振った。

（あいつが）

（お父さんを殺しに）

風がふと、それまでにない冷たさで首筋を撫《な》でた。思わず身を震わせ、目を開いた。

――そのとき。

真実哉の目は、そこに忽然《こつぜん》と現われた彼の姿を捉えた。

沼の向こう側の岸に、彼は立っていた。いま目をつぶっている間に、林の中から出てきたらしい。

（あいつだ！）

それはまぎれもなく「あいつ」だった。

さっき真実哉が、知らない女の人の〝目〟になって目撃した大男。長谷口の〝目〟になって目撃した幻影の実体。――双葉山の殺人鬼。

林の中のあの黒煙は、やはり車が燃えている煙だったのだ。あそこが、先ほど「見た」あの惨劇の現場だったのだ。

転落、炎上した車から逃げ、彼は林の中を歩いてきた。そして今、この沼のほとりまで辿《たど》り着いたのだ。

声を出そうとしたが、あまりの驚きに喉が縮み上がり、出せなかった。

どろどろに汚れたうえ、あちこちが黒焦げになった服を着た彼は、岸辺の叢《くさむら》に仁王立ちになっている。真実哉はしばし、身動き一つ、瞬《まばた》き一つできずにいた。まるで魅入られたかのように。

彼が動いた。

沼に向かって一歩、大きく足を踏み出す。

（来る）

真実哉は瞠目《どうもく》した。

（こっちに、来る）

二歩、三歩……と彼は進んだ。そのまままっすぐ、ずぶずぶと沼の中に入っていく。

水の音がかすかに聞こえてきた。鉛色の水面に妖《あや》しい波紋を広げながら、彼はゆっくりと沼の中央に向かって歩を進める。

沼はだんだん深くなっていく。膝《ひざ》から腰、腰から胸……やがて肩まで水に浸《つ》かってしまったところで、彼はその動きを止めた。

黒く焼け爛れた顔が、おもむろにこちらを見上げた。真実哉が立ち尽くした病棟の窓に向けて、鋭い視線が投げかけられた。——刹那《せつな》。

真実哉は、今まで一度として味わったことのないような激しい恐怖に憑かれ、全身の筋肉を鉄のように硬直させた。

頭だけを水面の上に出した彼の、その双眸《そうぼう》から、凄《すさ》まじいばかりの波動が放射されている。この世の邪悪という邪悪をすべてそこに集めたような。まるで血みどろの地獄の底から、あるいは果てのない暗黒の果てから湧き出してきたかのような……。

殺す

その波動は、意志であった。

殺す

心の中のいちばん暗い部分をめがけて、それは放たれてくる。閉ざされた門を無理やり抉《こ》じ開け、飛び込んでこようとする。

殺す
(いやだ)

真実哉は必死になって、恐ろしいその波動から逃れようとした。

目をそらそうと思う。逃げ出そうと思う。けれども、動けない。脳との間の神経が遮断されたかのように、身体が云うことを聞いてくれない。

殺す　殺す
(いやだ。やめろ)

殺す　殺す　殺す
殺す　殺す　殺す　殺す　殺す　殺す……!

背後で姉の声がした。呻《うめ》くような小さな声だったが、そのおかげで真実哉は、ようやく呪縛《じゅばく》めいた力から解放された。沼から顔をそむけ、姉のほうを振り向いた。

「お姉ちゃん」

愛香は椅子の肘掛《ひじか》けに右腕を乗せ、頬に掌《てのひら》を当てて目を閉じている。テレビを観ているうちに眠り込んでしまったらしい。

「お姉ちゃん?」

真実哉の呼びかけに、呻くような声をまた洩《も》らした。だが、わずかに肩を動かしただけで目覚めてはくれない。

お姉ちゃんを起こすんだ。

　真実哉は思った。

起こして、本当にあいつが来たんだってことを知らせなきゃ。いくらお姉ちゃんでも、あいつの姿を見たらきっと……。

「お姉ちゃん、起きてよ」

もう一度声をかけてから、真実哉は恐る恐る窓の外へ目を戻した。ところが――。

「あっ」

眼下の沼。そこにはもう、彼の姿はなかったのである。

「何で……」

彼はどこにも見当たらない。ただ幾筋かの波紋だけが、水面に残されていた。

あのまま沼の底まで沈んでしまったのか。それとも、今さっき見たものはすべて幻か何かだったのだろうか。

　姉を起こすのも忘れ、真実哉はしばらくの間じっと沼を見守っていた。しかし、十分経っても二十分経っても、沼は何事もなかったかのように鉛色に澱《よど》んだままであった。

　どこからか、パトカーと救急車のサイレンの音が聞こえてくる……。

5

町外れの峠道で車の事故があったとの連絡を受けて駆けつけたX県警羽戸署の警察官たちは、あまりにも凄惨《せいさん》な現場の様子に目を見張った。

路上に倒れた男性の死体は、手の指を三本切り取られ、片目を抉《えぐ》り出され、さらには首を真後ろに捩《ね》じ曲げられた異様な恰好《かっこう》で息絶えていた。男性が運転してきたと思われる白いスカイラインが、少し先のガードレールを突き破って崖下《がけした》に転落し、炎上していた。そして、その車内から放り出された女性が一人、全身にひどい打撲と火傷《やけど》を負った状態で発見された。

女性はすぐさま救急車に乗せられ、白河外科病院という近くの病院に搬送された。それが午後五時前のことである。

病院での緊急処置によって女性はどうにか一命を取り留めたが、重体のため絶対安静、面会謝絶となった。従っていまだ、事件の詳しいもようは彼女の口から語られていない。

第３章　覚醒

1

病院の北側に隣合って建つ、白河啓一郎宅の居間にて——。

テレビのニュース番組で、いやな事件が報道されていた。

事件が起こった場所はX県朱城市《あけしろし》。低い山を一つ隔てて、羽戸町の西隣に位置する町である。この町の住宅街の路上で、通りがかりの主婦や学生ら合わせて六人が次々に刃物で刺され、うち三人が死亡した。事件発生の時刻は、五日の午後四時半から五時にかけて。まだ日があるうちに勃発《ぼっぱつ》した惨事であった。

犯人が誰なのかは、すでに判明していた。

曾根崎荘介《そねざきそうすけ》、三十四歳。元暴力団員で現在無職。その地域のアパートで独り暮らしをしていた男である。

犯行の動機は不明。ただ、曾根崎は覚醒剤《かくせいざい》の常用者であったらしいことが調べによって分かっており、これが突然の凶行に関係している疑いが強い。

曾根崎は犯行後、車で逃走。警察の追跡を振りきり、行方をくらました。午後七時になって、町外れの山中で乗り捨てられた問題の車が見つかっている。捜索は鋭意続けられているが、いまだにその後の足取りは摑《つか》めておらず……。

「やれやれ。きょうはろくな事件がないな」

ソファの真ん中にでんと腰を下ろした白河啓一郎が、ぼやくように云《い》い落とした。ブラウン管には、逃走中の曾根崎容疑者の顔写真が映し出されている。

ちぢれた髪にげっそりと瘦《こ》けた頰。大きな鷲鼻《わしばな》に薄い口髭《くちひげ》。厚ぼったい唇、そして三白眼。——いかにも「凶悪犯」といった感じの人相である。

「物騒な話ですこと」

お手伝いの後藤《ごとう》満代《みちよ》が、口もとに手を当てて云った。啓一郎は三年前に妻を病気で亡くしている。満代はそれ以来、この家に住み込みで勤めている初老の女性だった。

「ちゃんと戸締まりを確認しておかないと」

「大丈夫だよ、満代さん」

と云って、白河和博が健康そうな白い歯を覗《のぞ》かせた。

「今夜は愛香ちゃんもいるしね。万が一、曲者《くせもの》が入ってきたら、突き技一発で撃退してくれるさ」

和博の隣で、愛香が照れたように首をすくめる。二人は夕食のあと、裏庭に造られた道場でひとしきり剣道の稽古《けいこ》をしてきたところだった。

羽戸町の白河家は、真実哉たちの曾祖父《そうそふ》の代からの剣道一家でもあった。死んだ祖父も啓一郎伯父も、山男だった誠二郎も、みんな剣道の有段者である。父に勧められて、愛香もまた小学生の時分から近所の道場に通っていた。現在は中学の剣道部で、女子の部長を務めている。

「それにしても強くなったねえ、愛香ちゃん。さっきの小手抜き面は参った」

「手加減してくれたんでしょう」

と云いながらも、愛香は嬉《うれ》しそうな笑顔を見せる。

「まあ、多少は」

和博は、あまり父親には似ていないほっそりとした顎《あご》を撫《な》でながら、

「しかし驚いたよ。前にやったのは去年の夏休みだったっけ。さすがに若いうちは上達が速いなあ」

「自分だってまだ若いくせに」

「二十歳《はたち》過ぎれば立派なオジサンだよ」

二人は楽しそうだ。剣道ってそんなに面白いものなんだろうか、と真実哉は不思議に思う。あんな重そうな防具を着けて、大声を上げて竹刀を振りまわして……。

毛足の長い白い絨毯《じゅうたん》の上を、白河家の飼い猫がのそのそと歩いてくる。雌の三毛猫で、名前はミャオンという。

真実哉は遊んでいたゲームボーイの機械を傍らに置き、ミャオンを抱き上げた。ミャオンは抵抗することなく、膝《ひざ》の上で引っくり返る。その白い喉《のど》を撫でてやりながら、

「ね、伯父さん」

と、啓一郎のほうへ目を向けた。

「夕方に救急車、入ってきたでしょ」

伯父は「うん？」と太い眉《まゆ》をひそめ、ガウンの袖《そで》をまくりあげた。

「あれがどうかしたかな」

「運ばれてきたの、女の人だった？」

「ああ、そうだが」

「ひどい怪我だったの」

「うむ。打撲と、それから火傷がひどくてね。車が崖《がけ》から落ちて燃えたらしい」

ああ、やっぱり――と、真実哉は思った。やっぱりそうだったんだ。病院に運ばれてきたのは、あの女の人だったんだ。

「何か云ってた？」

「――ん？」

「その女の人だよ。何で事故になったのか、云ってた？」

「いや。意識がなかったから、何とも。警察は事情聴取に来ていたがね。どうした、真実哉君。どうしてそんな、事故に興味があるのかな」

真実哉は愛香のほうをちらりと窺《うかが》う。それまでにこやかだった表情をちょっと曇らせ、彼女はこちらを睨《にら》みつけた。「いいかげんにしなさい。でないと、また怒るよ」と、その目が語っている。

「何でもない」

と力なく答え、真実哉は訝《いぶか》しげな顔で顎鬚《あごひげ》を撫で下ろす伯父から視線をそらした。

伯父さんだって、和博さんにしたって、云ってもどうせ信じてくれないに決まってる。

そんな諦《あきら》めが、心を重くする。

夕刻に病室の窓から目撃した「あいつ」は結局、ふたたび姿を現わさなかった。真実哉は椅子で眠っていた姉を揺り起こし、事の次第を訴えた。けれどもやはり、彼女は真面目に耳を傾けてはくれなかったのだった。

とは云え、真実哉自身もあのときはずいぶんと混乱していて、自分の見たものが実際のところ何だったのか、確信が持てない状態ではあったのだ。

林の中から忽然《こつぜん》と現われ、沼に沈んでいった大男。あれは本当に現実の出来事だったのか。それとも夢か幻だったのか。

あのとき彼の目から放射された邪悪な意志。あれは何だったのか。あの物凄《ものすご》い波動を、いったい愛香は感じなかったのか。眠っていて分からなかったのだろうか。……

テレビの画面に、見憶《みおぼ》えのある映像が流れはじめる。母が毎週、観ている連続ドラマのオープニングである。——午後九時。今ごろはもう、母は東京に着いているだろう。

ぼんやりと画面を眺めるうち、真実哉は心のどこかで何かが（……ころす）やおら身動きするのを感じた。

（……何？　これは）

ころす

心のどこか、いちばん暗い部分。絶対に目を向けてはならない、禁断の部分。そこで今（ころす）、何かが……。

ころす　ころす　ころす　ころす

「真実哉！」

愛香のびっくりしたような声が聞こえた。

「……えっ」

ころ……

「何してるの、真実哉」

「……………」

自分の両手が、膝の上のミャオンの喉に伸びていることに、そこでやっと真実哉は気づいた。呼吸を止められ、ミャオンは苦しそうにもがいている。

慌てて手を離した。どうして自分がそんな真似をしていたのか、さっぱりわけが分からなかった。

膝から飛び降りたミャオンは部屋の隅まで逃げていき、振り返って真実哉のほうを睨みつけた。尻尾《しっぽ》の毛をぼっと逆立て、敵意に満ちた唸《うな》り声を上げる。

「そんな」

手の甲に鋭い痛みを感じた。見ると、ミャオンに爪で引っ掻《か》かれた痕《あと》がある。赤く腫《は》れ上がり、血が滲《にじ》み出している。

「ぼく……」

知らないうちに、この手でミャオンの首を絞めていた。――殺そうとしていた？

「ぼく、何も……」

皆が注目する中、真実哉はただただ狼狽《ろうばい》するばかりであった。

「大変。消毒しないと」

と云って、満代が席を立った。外では何十分か前から、雨が降りはじめている。

2

もうすぐ午後十時になろうかというころになって、真実哉は独り居間をあとにし、二階に用意された寝室へ向かった。

広い和室の真ん中に布団がひと組、敷かれている。枕もとに置いてあったパジャマに着替えると、明りを小さくし、それから窓のそばへ行った。カーテンを少し開け、外を覗《のぞ》いてみる。

降りしきる雨の中、庭を挟んで病院の白い建物が見える。いくつかの部屋を残して、たいがいの窓は暗い。もう消灯の時間なのだ。

（あいつはどうなったんだろう）

闇を透かしてじっと建物を見つめながら、真実哉はまた、病室の窓から目撃したあの光景を思い起こす。

あいつはどうなったのか。どうしているのか。今もあの沼の中にいるのだろうか。それとも……。

薄っぺらな胸に両手を当てて大きく溜息《ためいき》をつくと、真実哉は窓辺を離れた。のろのろと布団に潜り込み、横を向いて身体を丸める。目を閉じたけれども、なかなか眠れそうになかった。

どうしてお姉ちゃんは、ぼくの云《い》うことを信じてくれないんだろう。あんなに一生懸命云ったのに。ぼくがまだ小学生だから？　まだ子供だから——だから、現実と夢の区別がつかずにでたらめを云うと思っているんだろうか。

確かにぼくはまだ子供だけど、莫迦《ばか》じゃあない。本もたくさん読んでるし、学校の成績だって悪くない。剣道はできないけど、テレビゲームはお姉ちゃんよりもずっとうまい。お父さんが「植物状態」になってしまったっていうことの意味も、ちゃんと知ってる。なのに……。

「お姉ちゃんとぼくの間にテレパシーがあったなら。

ふと、そんな考えが頭をよぎる。そこで真実哉は、昨年の八月に東京の病院で出会った彼女のことを思い出すのだった。

茜由美子。

そう。彼女はそういう名前だった。二十二歳、大学の四年生だと云っていた。血の気の少ない蒼白《あおじろ》い顔に、茶色がかった長い髪。愛香とは対照的な、線が細くて気が弱そうな感じの女性だった。

最初に声をかけてきたのは、彼女のほうからだった。病棟の廊下で、いきなり「マミヤ君？」と呼び止められたのである。振り向くと、病室のドアの後ろから顔を覗かせている彼女がいた。

一度も会った憶えのない人だったので、真実哉はひどくうろたえた。何でぼくの名前を知っているんだろう、と不審に思った。するとそれに応《こた》えるように、

「看護婦さんが名前を呼んでいたの、聞いたから」

と、彼女は云った。

「マミヤ君っていうんでしょ、あなた」

真実哉は「そうだよ」と答え、おずおずと彼女のもとに歩み寄った。

「下の名前は何ていうの」

「真実哉だよ」

「えっ？　あ、そうなのかぁ。苗字《みようじ》がマミヤなんじゃないのね」

「苗字は白河。白河真実哉」

彼女は独り納得の面持ちで、「そっか」と頷《うなず》いた。それから真実哉の顔を見直し、

「わたしは由美子っていうの。茜由美子」

と云って淡く微笑んだ。

「マミヤって珍しい名前だから。看護婦さんがそう呼ぶのを聞いて、わたし、ちょっとびっくりしちゃって」

「ふうん」

「それにあなた、わたしが知ってるマミヤ君に何となく似てるもんだから、つい。──ごめんね、驚かせて」

「──べつに」

「ね、部屋に寄っていかない？　話し相手になってくれないかなあ」

彼女がそろりと云いだした。

「マミヤ君のこと思い出したら、何だかとても寂しくって」

「いいよ」

と、すぐに答えた。真実哉もちょうど退屈していたところだったから。俯《うつむ》きかげんで話す彼女の様子に、そのとき何か不思議な魅力を感じもしたから。

「マミヤ君はね、死んじゃったの。わたしを守ろうとして、それで……」

「大事な人だったの？」

「そうね。──きっとそうね」

どうして彼が死んだのか、彼女は語ろうとはしなかったし、真実哉も訊《き》こうとはしなかった。長い睫毛《まつげ》を細かく震わせ、彼女はどうしようもなく悲しそうな目をしていた。

なぜここに入院しているのか、と真実哉は尋ねてみた。

見たところ彼女には、この病院にいるほかの患者たちみたいな「変な」感じがない。自分と同じように、何かの検査のためなのだろうか。

「毎年、今ごろの季節になると不安でたまらなくなるの」

彼女は答えた。

「眠れなくって、怖くって、叫びだしそうになって。だから……」

「だから、病院に？」

「そう。ここがどういう病院だか、知ってるでしょ」

それは知っていた。精神病院。――心の病気にかかった人が来る病院だ。

「わたしのお姉さんも、同じようになるの。けど、お医者様が別々の病院で休んだほうがいいって」

「どうして？　姉妹《きょうだい》なのに」

「わたしたちは特別なの」

「どういうこと？」

「心が通じているの」

「心が？」

「お互いに、相手の考えていることが〝声〟になって聞こえるの」

「それって、テレパシー？」

「そうね。そんな云い方もできるのかも。わたしたちはね、心の形が同じなの。心の形が同じだから、お互いの心の声が聞こえるのよ」

「へぇ。凄《すご》い」

そのあとも二人はいろいろな話をした。真実哉は自分の事情を説明した。どうして今ここにいるのか、その理由。例の〝発作〟のこと。〝発作〟が起こっている間、心が別の場所に飛んで誰かの〝目〟になってしまうのだということ。……

彼女は真顔で真実哉の話を聞き、

「何となく分かる、その感覚」

と大きく頷いた。

「きっとそれ、幽体離脱みたいなものね」

「ユウタイリダツ？」

「魂が肉体を離れてしまう現象」

「――ふうん」

「だけど、他人の〝目〟になっちゃうっていうのは初めて聞くなあ」

「――そう」

「でも、きっとわたしたちのテレパシーと同じようなもんね。いくら云ってもやっぱり、普通の人は誰も信じてくれないもの……」

別れぎわ、彼女は廊下で会ったときよりも明るい顔で、

「またね、真実哉君」

と手を振った。真実哉が、自分はあすもう退院なのだと告げると、

「またどこかで会えたらいいね」

そう云って、ちょっと寂しげに微笑んでいた。

何となく心が暖まって、浮き浮きして……不思議な気分だった。ずっとあとになって、もしかしたら彼は、あれが自分の初恋だったのだと思い返すことになるのかもしれない。

真実哉はしかし、今もまだ知らないでいるのだった。

あのときの彼女——茜由美子こそが、三年前の八月に双葉山で起こった「TCメンバーズ惨殺事件」の生き残りであったという事実を。そしてまた、彼女が云っていた「マミヤ君」とは、その事件のさいに「双葉山の殺人鬼」の魔手から彼女を守ろうとして犠牲になった少年の名だったのだという事実を。

それにしても——と、真実哉の思考はそこで不意に、別の問題へと飛ぶ。

(さっきはどうして、ぼく……)

ミャオンの首を、無意識のうちに両手で絞めていた。いったいあのとき、何がぼくに起こっていたんだろう。

心のどこかで身動きした、あの何か(……ころす)。あれは、そうだ、沼に沈んでいくあいつの双眸《そうぼう》から放射され、心の中に飛び込んでこようとした、あの……。

(……まさか)

恐ろしい思いつきに、真実哉は布団の下で丸めた身を震わせた。

(まさか、そのせいで?)

(あいつが、ぼくの中に……?)

闇の中での物思いはとめどもなく続いた。しかしやがてはそれも尽き、真実哉はゆるりと眠りに落ちる。

3

白河外科病院。その一階にある宿直室にて――。

時刻は午前零時に近づいている。テレビはどのチャンネルも、同じようなスポーツニュースの番組ばかりだった。

冬木貞之《ふゆきさだゆき》は中ほどまで吸った煙草を灰皿で揉《も》み消し、仮眠用のベッドの端から腰を上げた。大した未練もなくテレビのスイッチを切り、ハンガーに掛けておいたブルゾンを取って腕を通す。

冬木はこの病院の事務局に勤める職員で、きょうは週に二回の割合でまわってくる宿直の当番日だった。今夜は朝まで、この狭い宿直室で独り過ごさねばならない。

二十八歳、独身。大学を出たあと、いったん東京でコンピュータソフト関係の会社に就職したのだが、バブル崩壊の煽《あお》りを喰《く》らって会社があえなく倒産してしまい、羽戸町の実家に帰ってきた。身の振り方を考えているうち、親戚《しんせき》の口利きでこの病院を紹介され、とりあえずの職場とした。それが、ちょうど昨年の春の話であった。

眼鏡を外して汚れを拭《ふ》いてから、疲れ気味の目に目薬を注《さ》す。鍵束《かぎたば》をポケットに突っ込むと、懐中電灯を持って宿直室を出た。

不規則な生活には学生時代から慣れっこなので、夜勤そのものにはさして苦痛を感じたことがない。だが、施錠確認等のための深夜の見まわりだけは、どうにも苦手だった。ここに勤務しはじめて一年近くになるが、いっこうにそれは変わらない。

そもそも冬木は、昔から暗い場所が非常に嫌いだった。

たとえば遊園地などへ遊びにいっても、お化け屋敷のたぐいには絶対に入りたくない。映画館へも、そこが暗くなるからという理由で、積極的に行きたいとは思わない。夜寝るときも、必ず部屋の明りを点《つ》けたまま眠るようにしている。

幽霊だのお化けだのの存在を信じているから、というわけでは決してなかった。とにかく——「ア・プリオリに」と云《い》ってしまっても良いだろう——暗闇が苦手、なのだ。なぜなのかは自分でもはっきり分からない。大学時代に付き合っていた恋人からは、子供のころ何かよっぽど怖い目に遭ったのね、と云われたりもしたが……。

そんな次第だから、冬木にとってこの深夜の巡回は、現在の職場での最大の憂鬱《ゆううつ》事なのだった。

ただでさえ、真夜中の病院というのは不気味なものである。

白い壁に白い天井、リノリウムの床、消毒液のにおい……それらが躍起になって隠蔽《いんぺい》しようとしているものたちが、闇に増幅されてその存在感を増す。不安と苦痛と懊悩《おうのう》と。声は病に蝕《むしば》まれていく者たちの喘《あえ》ぎ声。夢は死を恐れる者たちの悪夢。壁の白さはそれらを素知らぬふりで塗り潰《つぶ》し、薬のにおいは漂う腐臭を覆い隠す……。

暗い廊下を独り歩いていると、何やらそんなふうに思えてもくる。

外科。整形外科。内科。消化器科。循環器科。――五つの診療科目と入院設備を持つ病院である。ベッド数はさほど多くないが、こんな田舎町にしては相当に立派な病院だと云えるだろう。

廊下を折れ、ひとけのないロビーを抜ける。エレヴェーターホールを通ったところで、夕方に救急車で運ばれてきた患者のことを思い出した。

(ありゃあひどかったな)

たまたまこの場所ですれちがって、冬木はその患者の姿を見ていた。顔中に重度の火傷《やけど》を負い、相好の区別もつかぬほどだった。男なのか女なのかも分からなかった。

あとで看護婦たちがひそひそ話をしているのを小耳に挟んだところでは、乗っていた車が峠道で事故を起こし、炎上したらしい。あれだけの傷を負って、まだ生きているのが不思議なくらいだ。警察は事情聴取をしたがっているけれど、あの様子ではあと一日もつかどうかだろう、とも云っていた。近いうちに地下の霊安室行き、ということか。

建物の玄関へ向かう。すでに扉は施錠されているはずだった。その確認をしてから、裏の通用口のほうを見にいくのがいつもの手順だったのだが、そこで——。

ガラス張りの扉の外で、ゆらりと何か黒い影が揺れるのを、冬木は認めた。

(んっ?)

思わず立ち止まった。どきん、と大きく心臓が鳴った。

(何だろう)

眼鏡をかけなおし、恐る恐る扉に向かって歩を進める。

鍵はちゃんと掛かっているようだった。外では雨が、かなり勢いを増して降りしきっている。

仄白《ほのじろ》い外灯の光が、分厚いガラスの向こうに見える。近づいて外を覗《のぞ》いてみたが、不審なものの姿は見当たらない。

気のせいか、と思い、踵《きびす》を返そうとしたところで——。

今度は妙な音がした。

こつっ、と一度。

驚いて身を凍らせた。するとまた、こつっ……と。

壁を拳《こぶし》で軽く叩《たた》くような音、である。

(誰かがいる?)

ぐっと腹に力を入れてその場に踏みとどまり、改めてガラス扉に目を寄せた。懐中電灯の光線を差し向ける。耳を澄ます。

「誰かいるのか」

と、声をかけてみた。あまり大声を出すわけにもいかなかったから、それが扉の外まで届いたのかどうかは分からない。

こつっ、とまた同じような音が響いた。

急患か何かだろうか。来訪者なら、夜間呼び出し用のインターフォンを鳴らすはずだが。それとも、付近に棲《す》む動物(野良犬?)の悪戯《いたずら》か……。

考え込んでみても埒《らち》が明かなかった。

把手《とって》の下の摘《つま》みをまわして、冬木は錠を外した。扉を押し開ける。雨音が、冷たい風とともに流れ込んでくる。

「誰かいるのか」

もう一度、声を投げかけながら外へ半歩、踏み出した。

人が立っていたと思《おぼ》しき跡が、足もとにあった。玄関ポーチのコンクリートの床が、そこだけひどく濡《ぬ》れているのである。

やはり誰かがここにいたらしい。さっき見た影は、それだったのか。

さらに半歩、足を進めた。

右手の駐車場のほうを見渡す。ライトを点けた車の姿はなく、エンジンの音も聞こえてはこない。

「誰か……」

云いながら、左手の闇へと懐中電灯を向けた。

――と、突然。

ポーチの屋根を支えた太い柱の後ろから、音もなく黒い人影が滑り出してきた。「わっ」と短く叫んで跳びのこうとする冬木に向かって、右手を振り上げて躍りかかってくる。手には、鈍く光る大振りなナイフが握られていた。

何が起こったのか、理解する時間は皆無に等しかった。

とっさに身をかばおうとして上げた両手の間をすりぬけ、ナイフの刃が冬木の顔面を襲った。眼鏡を弾《はじ》き飛ばし、眉間《みけん》のあたりに深々と突き刺さる。その一撃で、刃の切っ先は前頭骨を貫通し、大脳の表層にまで達した。

ほとんど一瞬の出来事であった。

恐怖や苦痛を感じるいとまさえなく冬木は、子供のころから恐れつづけてきた暗闇の、その最も深い底へと落ちていった。

4

掌《てのひら》に、温かくて柔らかな感触がある。

ゆっくりと手を動かしている。ふさふさしていて、とても気持ちがいい。ぐるぐると甘えるように喉《のど》を鳴らす音が耳をくすぐる。とくとくと小さな鼓動が伝わってくる。――ミャオンだ。

テレビのニュース番組では、いやな事件が報道されていた。

隣の朱城市で六人の男女を殺傷したのち、逃亡中の犯人のこと。覚醒剤《かくせいざい》(何か悪いクスリなんだろうか)の常用者だったらしい。

ブラウン管に映し出されるその男の写真。いかにも凶悪そうな顔つきだ。痩《や》せぎすで、陰気で、魚のように表情のない目をしている。

四角い画面の枠がとつぜん消え去り、同時に顔が、異様な変形を始める。

骨張った輪郭がどろりと崩れ、いびつな曲線を描いて膨れ上がる。浅黒い皮膚がぼろぼろと剝《は》がれ落ち、さらには鼻や口がまともな形を失っていき……。

醜く焼け爛《ただ》れた、怪物のような顔ができあがる。

肉が罅割《ひびわ》れ、充血した二つの目がぎろりとむきだされる。そこから放射されるあの、とてつもなく邪悪な波動。

殺す
いやだ、と真実哉は首を振る。

(いやだ、ぼくは)

殺す　殺す
じっとこちらを睨《にら》みつけたまま、鉛色の沼の中に沈んでいく彼。

殺す　殺す　殺す……

(いやだ)

(出ていけ!)

掌に、温かくて柔らかな感触がある。ミャオンだ。顎《あご》のあたりを優しく撫《な》でていたはずの真実哉の手が、いつのまにかそれまでとは違う動きをしている。

……ころす
(いやだ)

膝《ひざ》の上でミャオンが、苦しそうにもがく。爪が手の甲を引っ掻《か》く。血が滲《にじ》み出す。

ころす　ころす……

(いやだよ)

次の瞬間、真実哉の意識は肉体を離れ、ミャオンの〝目〟になっている。

苦しい。首を絞められている。苦しい。息ができない。

見上げる自分自身の顔は、冷たい無表情。ただ大きく開かれた目だけが、何かに取り憑《つ》かれたような鋭い光を発している。

苦しい。息ができない。苦しい……。

強く目を閉じる。両手両足をばたばたと動かして抵抗する。呻《うめ》きながら、頭を左右に振り動かす。そして――。

目を開ける。

夢から覚めた真実哉は、いま現実に、自分の身に何が起こっているのかを知った。

誰かが首を絞めている。誰かが本当に、このぼくの首を。

黄色いスモールランプだけが点《つ》いた薄闇の中、ぼんやりと相手の顔が見えた。それは愛香の顔であった。

(お姉ちゃん?)

仰向《あおむ》けになった真実哉の腹の上に跨《また》がり、両手を喉に伸ばして絞めつけている。

(お姉ちゃん……何で?)

苦しい。

ふざけてやっているとはとても思えなかった。本気で首を絞めている。

「苦し……」

手首を摑《つか》んで引き離そうとしながら、真実哉は必死で声を絞り出した。

「やめて、お姉ちゃん。死んじゃうよ」

はっとしたように手の力が緩んだ。真実哉はすかさず身を横転させ、俯《うつぶ》せになって自分の喉をさすった。

「……わたし、何を」

姉の、呆然《ぼうぜん》としたような声が聞こえた。

「わたし……」

「ひどいよ」

起き上がり、逃げるようにして姉のそばから離れると、真実哉は涙声で云《い》った。

「ひどいよ。ぼくの首、絞めるんだもの」

「わたしが、真実哉の首を？」

愛香はゆるゆるとかぶりを振りながら、

「知らない」

と云い落とした。

「知らない、そんなこと」

「ほんとだよ」

真実哉は声を高くした。

「痛かったもん。苦しかったんだよ、凄《すご》く。もう死んじゃうかと思ったんだから」

「……………」

しばらくの沈黙ののち、愛香はふたたび力なくかぶりを振った。途方に暮れている様子だった。

「ごめんね」

彼女は云った。

「どうかしてたんだ、わたし。何だか急に、ぼうっとしちゃって、それで……」

もしかしたら——と、真実哉は思った。

もしかしたら、病室の窓からあいつを見たとき、一緒にあの部屋にいたお姉ちゃんの中にも？　ぼくにミャオンを殺そうとさせたあれ（ころす……）が、お姉ちゃんの心の中にも……。

「もういいよ」

真実哉は云った。

「もう痛くないから。気にしなくていいよ」

「ごめんね」

いつになく殊勝な声で、愛香は云った。布団から離れて畳の上に正坐《せいざ》し、上目遣いで真実哉のほうを見る。

「あのね、真実哉」

彼女はそして、ちょっと口調を改めて云った。今度は「殊勝な」と云うよりも、妙にしんみりとした声だった。

「あのね、もしもお母さんが啓一郎伯父さんと結婚するって云ったら、どうする?」

「ええっ」

いきなりの質問に、真実哉は首を傾げて姉の顔を見直した。

「お母さんは、お父さんと結婚してるんでしょ」

「あ、うん。それはそうなんだけど」

「お父さんとリコンして、伯父さんと結婚しちゃうの?」

「そうね。そういうことね」

「どうして? お父さんがいるのに。お父さんは生きてるのに」

「だから……」

愛香は言葉に詰まった。

「お父さんがどういう状態なのか、あんたも知ってるよね」

「――うん」

「回復の見込みがない、っていうことも分かってるよね」

「うん。でも……」

「ずっと病院で、あのままなのよ。これから先のことを考えると、いろいろと大変でしょう？　だから。だから」

「だから、伯父さんと結婚するの？　お母さんがそう云ってたのかい」

「直接お母さんの口から聞いたわけじゃないんだけど」

愛香は少し困ったような顔をして言葉を切ったが、やがて、

「さっきね、和博さんから聞いたの」

と答えた。

「和博さんに？」

「そう。伯父さんもね、伯母さんが死んでからずっとこの家で、満代さんと二人だけでしょ。やっぱり寂しいらしくて。伯父さん、とてもいい人だし、お母さんも、だから……ああ、何て説明したらいいのかな」

「お父さんはどうなるの」

病室のベッドで眠りつづける父の姿を思い浮かべながら、真実哉は訊《き》いた。

「啓一郎伯父さんのこと、ぼくも好きだけど。だけどね、お父さんが知ったらきっと悲しむよ」

「でも——でもね、真実哉、お父さんはもう……」

弱々しく目を伏せる姉の顔をまっすぐに見すえて、

「ぼくが治すんだよ」

と、真実哉は云った。

「ぼくね、たくさん勉強して、大きくなったら偉いお医者さんになるんだ。伯父さんよりもずっと偉いお医者さんだよ。そしてね、ぼくがお父さんを治すの。だから大丈夫だよ。まだちょっと時間がかかるけど、お父さん、きっと元気になるから」

愛香はびっくりしたように目を上げる。薄暗い明りの下、その瞳《ひとみ》が徐々に涙で潤んでくるのを認めながら、真実哉はどうにも複雑な思いで小さな息をついた。

四月六日、午前零時過ぎの出来事である。

5

それは、いつものように何の前触れもなくやってきた。

低く長い鐘の音がかすかに、布団の中で横になった真実哉の耳に伝わってきた。一階の応接間に飾られた古い大きな置時計。あの時計が鳴る音だ。

何時の鐘だろう？　と微睡《まどろ》みの中で考えた、その瞬間であった。

ふわりと突然、身体が宙に浮かび上がるような感じがした。何度も経験した憶《おぼ》えのある、あの不思議な浮揚感。

一瞬それに抵抗しようとしたのだけれど、無駄だった。全身から力が抜ける。自分の意思で身体が動かせなくなってしまう。

(……ああ)

肉体から離れていく意識の中で、真実哉は呟《つぶや》いた。

(またあれが始まったんだ)

昼間に起こったばかりだというのに、また？　こんなに短い間隔で〝発作〟の起こったことが、これまであっただろうか。

眩《まぶ》しい白銀の輝き。星雲のように大きく渦を巻くその光の中心へと、心が吸い込まれていく。物凄《ものすご》い圧力が四方八方から押し寄せてきて、何も見えなくなる。何も聞こえなくなる。そして――。

〝目〟が、開かれた。

(どこだろう)

暗い場所、であった。

(誰の〝目〟なんだろうか)

これが自分の肉体ならば、すぐにきょろきょろとあたりを見まわすところである。けれども、今は事情が違う。

真実哉は単に、その人間の〝目〟に自分の視線を重ねて「見て」いるだけなのだ。手足を動かすことはもちろん、みずからの意思で眼球を動かすことすらできないのである（正確に云えば、積極的にそれを試みたことがなかった、のだが）。

どこか暗い場所――明りの消えた部屋の中、であった。

雨の降る音が聞こえる。そのほかには何か、機械の唸《うな》る音が小さく。冷蔵庫の音のような気がする。

（ここは……）

部屋の外（廊下？）から射し込む薄明りのおかげで、ぼんやりと天井が見える。壁も見える。白い天井だ。壁も白い。

この人物はどうやら、ベッドの上に仰向《あおむ》けになって寝ているらしいが……。

それにしても、さっきからまったく視線を動かそうとしない。身体を動かそうともしない。ときどき瞬《まばた》きをするだけで、ただじっと天井を見つづけている。

彼（あるいは彼女だろうか）の〝目〟が捉《とら》えた視野の範囲内で、真実哉はここがどこなのかを知る手がかりを探った。

白い天井。白い壁。天井に埋め込まれた照明。この照明の、プラスティックのカバーの形には見憶えがあるように思う。これはそう、病院の……。

……とすると？

向かって左側の壁の上方、天井との境目あたりに注意を集める。長さにして三十センチ余りの、罅割《ひびわ》れを補修したような跡が、そこにはあった。

(ああ、やっぱり)

この補修の跡にも、真実哉は見憶えがあった。

これは……ここは、そうだ、白河外科病院の511号室だ。父、誠二郎が入っているあの病室なのだ。ということは——。

(お父さん?)

(これはお父さんの〝目〟なの?)

驚き、うろたえるとともに真実哉は、いったいそんなことがありうるのだろうか、と考えてみた。

いつだったか、愛香が云《い》っていたのを憶えている。お父さんはこうして目を開けていても、わたしたちを見てはいない。ただ姿が目に映っているだけなんだ、と。

そんな彼の〝目〟になってものを見るなどということが、果たして可能なのだろうか。

しかしそれは、可能だったのだ、と云うしかないだろう。現に今、真実哉はここにいるのだ。511号室のこのベッドの上にいて、部屋の様子を「見て」いるのだから。

植物状態ゆえの「視覚認識不能」とはすなわち、網膜に映った外界の映像を情報として処理する能力が欠損している、という意味である。目そのものの機能に損傷があるわけではない。従って……と、そのような説明がとりあえず妥当だろうか。誠二郎の〝耳〟を通して真実哉が「聞く」音に関しても、同様の説明が成り立つことになる。

ドアの開く音がかすかに聞こえ、誠二郎の〝目〟になった真実哉の意識は、はっと身がまえた。

（看護婦さん？）

射し込む光の量が少し多くなる。だが、〝目〟はまったく動こうとしない。

誰かがベッドに近づいてくる。水を含んだ靴で歩くような、ぺたぺたという音。患者の様子を見まわりにきた看護婦の足音とは、とても思えなかった。

誰だろう？　と考えるまもなく、視界にその者の姿が入ってきた。

真っ黒な人影であった。

光の加減で、ベッドの傍らに立ったその姿はまさしく「影」にしか見えなかった。が、その者の尋常ならぬ佇《たたず》まいをそれとして感じ取ることは、不自由な状態に置かれた真実哉にも容易に可能だった。

濡《ぬ》れた服を着ている。水の滴る音がする。何やら異様なにおい。しゅうしゅうという獣じみた息遣い……。

（あいつだ！）

真実哉の意識は悲鳴を上げた。

（あいつが来たんだ）

（お父さんを殺しにきたんだ）

（沼から出てきて……この病室に）

ぎらぎらと殺気立った視線が突き刺さってくる。息遣いが荒くなってくる。水と泥と血で汚れた腕が、ゆっくりとこちらに向かって伸びてくる。

どくん、と心臓が大きく搏動《はくどう》するような響きとともに──。

殺す
凄《すさ》まじくも邪悪な波動が、闇に満ちた。それはまぎれもなく、沼に沈んでいった「あいつ」の双眸《そうぼう》から放たれたのと同じ形の波動であった。

殺す　殺す　殺す
（誰か）

真実哉の意識はすくみあがった。

（誰か来て！）

殺す　殺す　殺す
（お父さんが殺される）

（殺されちゃう）

叫びたい。叫んで、助けを呼ばなければならない。けれども真実哉には、どうすることもできない。

（誰か……）

手が近づいてくる。息遣いがさらに荒くなる。

殺す……

（やめて！）

恐怖と絶望に打ちひしがれ、真実哉は心の目を閉じた。

（助けて！）

直径何メートルもありそうな巨大なファンが、轟々《ごうごう》と音を立てながら鼻先で回転している。そんなイメージが不意に浮かんだ。その羽根に巻き込まれ、遠くへ弾《はじ》き飛ばされるようにして、真実哉の意識は父の〝目〟から離れた。

第4章　始動

1

彼には良心というものがない。

彼には理性だの常識だのといったものがない。

彼には愛や恐怖といった感情がない。自尊心も金銭欲も権力欲も、悲しみも憂いも哀れみも嫉妬《しっと》も……その他ほとんどの人間的な感情から、もはや切り離されてしまっている。

ただ一つ、いずことも知れぬ深い闇の彼方《かなた》より飛来する邪悪な波動だけが、彼の行動を支配しているのだ。

殺す。しかもできる限り残虐な方法で。

その波動の根源が果たして何であるのか、彼は知らないし、知ろうという意思も力も持たない。ただひたすら、それが命じるままに肉体を動かす。

およそ〝人間性〟というものからは最も懸け離れた存在。しかし見方を変えれば、〝人間〟といういびつな進化を遂げた生物が本来的に持つ、ある種の性質の凝集とでも云うべき存在……。

いったい自分は何者なのか、彼にはよく分からない。いつどこで、どのようにしてこの世に生まれ出たのかもよく分からない。

殺人鬼。

やはり今、われわれは彼のことをその名でこそ呼ぶべきであろう。

2

心が肉体に戻り、自由に身動きができるようになるまでに、いくらか時間がかかった。ようやくの思いで一つ寝返りを打ち、それからのろのろと上体を起こした。

いつになく激しい消耗感があった。掌《てのひら》をこすりあわせて暖めながら、真実哉はきつく目を閉じる。今の〝発作〟の中で「見た」光景——放っておくとすぐに曖昧《あいまい》化してしまうその記憶を急いで探り、引き留める。

「……ああ」

それを意識のもとに引きずり出したとたん、全身に戦慄《せんりつ》が走った。

「大変だ。お父さんが——」

つい今しがた病室の父の〝目〟になって見たものの姿が、まざまざと脳裡《のうり》に浮かぶ。

真っ黒なあいつの影。ベッドの傍らにぬうっと立ち、殺気に満ちた目でこちらを見下ろし、そして……。

「お父さんが殺される」

やはりそうだったのだ。

去年の九月、双葉山で父たちを襲った殺人鬼が、逃した獲物を仕留めるために山を降りてきた。そうしてついに、ここまでやってきたのだ。夜になってあの沼から這《は》い出し、病院に忍び込み、目的の病室を探り当て……。

(行かなきゃ!)

真実哉は布団から飛び起きて明りを点《つ》けると、大急ぎで服を着替えはじめた。

(早く行かないと、お父さんが……)

いや、もう手遅れかもしれない。植物状態の父にはまったく抵抗する力がないのだ。もうすでに、近づいてきたあの手によって……。

真実哉は強く頭を振り、その恐ろしい考えを否定した。

(そんなことはない!)

愛香に知らせなければ、とも考えたが、すぐにだめだと思い直した。いくら話してみても、どうせお姉ちゃんはまた信じてくれないに決まっている。莫迦《ばか》を云《い》ってないで早く寝なさい、と叱りつけるに違いない。無理やりこの部屋へ連れ戻されてしまうかもしれない。

ぼく一人で行くしかない、と思った。

とにかく一刻も早く病室に駆けつけて、あいつを止めるんだ。ぼくがお父さんを助けるんだ……。

黄色いトレーナーにオーバーオールのジーンズ。着替えを済ませるや否や、真実哉は部屋を飛び出して玄関に向かった。

時刻は午前零時四十五分。外で降りしきる雨の勢いはいよいよ激しい。

3

同じころ、白河外科病院の四階511号室にて——。

ベッドに横たわった男の姿を、殺人鬼は無感動な眼差《まなざ》しで見下ろした。

殺人鬼の右手には今、血を滴らせたナイフが握られている。つい三十分ほど前、この病院の事務員、冬木貞之を刺し殺したのと同じ凶器である。

男にはもはや、彼に抵抗する力がない。鋭い刃によって一文字に切り裂かれた喉笛《のどぶえ》。ざっくりと開いた傷口から、破裂した水道管さながらにおびただしい血が噴き出している。四肢が、意思とは関係なく断続的に痙攣《けいれん》している。呼吸に合わせて、初心者が吹く木管楽器のような掠《かす》れた音が、破れた喉からひゅうひゅうと洩《も》れ出す。

獲物の鮮血を顔中に浴びながら、殺人鬼の表情がだんだんと変化する。能面のような冷たい無表情から、狂気に彩られた残忍な笑いへと。

殺す

確実に死へ向かいつつある獲物の、その痛みを、苦しみを、すべて己の養分として吸収してしまおうとでもいうように、殺人鬼はぴちゃりと舌舐《したな》めずりをする。

殺す　殺す　殺す……

存在のすべてを包み込んだ邪悪な波動、凶悪な意志。

殺す。しかもできる限り残虐な方法で。

右手に握ったナイフの切っ先を、ことさらのようにゆっくりと獲物の顔に近づける。

一方で左手を獲物の口もとに伸ばすと、半開きになっていた唇の間に指を突っ込んで抉《こ》じ開けた。口の中で縮こまっていた舌の先端を摘《つま》み、無理やり外へ引っぱり出す。

引きちぎられんばかりに伸びきった赤い舌に、ナイフの刃を当てた。何のためらいもなく、力を加える。

ぶつっ、と鈍い音を立てて、ほとんど一瞬にして舌の中ほどから先が切り取られた。溢《あふ》れ出た血液が口腔《こうこう》に流れ込み、がらがらとうがいをするような音が鳴った。

切り取った舌を無造作に放り捨てると、次は獲物の左の耳に狙いを定める。

傷ついた喉もとを左手で押さえながら、ナイフの刃を耳の付け根に持っていった。舌よりもいくぶん硬い手応《てごた》えがあったが、今度もまたほとんど一瞬の作業だった。バターを切るような滑らかさで刃は耳の肉に喰《く》い込み、削《そ》ぎ落とした。

顔から切り離された耳を左手の指先で摘み上げると、殺人鬼はそれを獲物の口の中へ押し込んだ。間をおかず、同じ行為を残った右の耳についても行なう。

その次は、目だった。

虚《うつ》ろに見開かれた獲物の両眼。殺人鬼はそれを片方ずつ、ごつい身体つきにはおよそ不似合いな器用さでナイフを操りながら抉《えぐ》り出す。そして、耳と同じように獲物の口の中へ押し込んだ。

続いて殺人鬼は、鼻を削ぎ落としにかかる。数秒後には、獲物の顔はもはやまったく〝顔〟の体をなさぬ、血みどろで穴だらけの肉球と化していた。

掠れた笛の音のような呼吸音は、それでもまだ続いていた。こんなに傷つけられながらも、まだこの男は息絶える様子がない。

殺人鬼の唇が、冷酷な笑みに歪《ゆが》む。

上等だ、とでも云いたげに。なかなか旺盛《おうせい》な生命力ではないか、ならばもっと楽しませてもらおう、とでも云いたげに。

ナイフをいったんベッドの横のテーブルに置く。殺人鬼はそして、血でぐしょぐしょに濡《ぬ》れた獲物の服を脱がせにかかった。

上半身を裸にし、ついでにズボンと下着を引き下ろして腹部のすべてを露出させると、殺人鬼はふたたびナイフを持った。

獲物は相変わらず、断続的に四肢を痙攣させている。意識はとうに失っているだろうが、少なくともこの肉体が今、凄《すさ》まじい苦痛にさいなまれていることは確かだ。そう思って、殺人鬼の唇はますます冷酷に歪む。

ナイフの切っ先を、鳩尾《みぞおち》のあたりに押しつけた。徐々に徐々に力を加える。力があるレベルを越えたとき、浅黒い皮膚が弾《はじ》けるようにして破れ、じわりと血が滲《にじ》み出した。さらに力を加えて、刃を一センチほど刺し込んだ。そのまままっすぐ、下腹部に向けて動かす。

あまり良い切れ味ではなかったが、それでもナイフの刃は、途中でつっかえることなく肉を切り裂いていった。そのあとを追うようにして、傷口から血が流れ出す。皮下の脂肪が零《こぼ》れ出す。呼吸に合わせて上下する腹が、ベッドに敷かれたシーツが、見る見るうちに真っ赤に染まる。

恥骨の手前まで切り進めると、一度ナイフを引き抜き、今度は左の脇腹に刺し込んだ。同程度の深さを保つように力を加減しながら、右の脇腹に向かって真横に刃を動かす。ふた筋の切れ目が、ちょうど臍《へそ》のあたりで直交する。

切りおえると殺人鬼は、ふたたびナイフをテーブルに置いた。

十文字に切り裂かれ、今にも腹圧で臓器が飛び出してきそうな腹の中へ、いささかのひるみも見せずに右手を突っ込む。

肺に圧力がかかったせいだろうか、ひゅううぅっ、とひときわ異様な音が獲物の喉から洩れた。びくびくと手足がわななき、大きく腰が迫《せ》り上がる。やめてくれ！　と肉体が断末魔の悲鳴を発しているのだ。

そんなことにはまるでお構いなく、殺人鬼は腹腔内に深々と差し込んだ手で内臓をまさぐり、やがて大腸の一部分を鷲摑《わしづか》みにした。胃体の下方に位置する、横行結腸と呼ばれる部分である。

力任せに、それを引っぱり出した。

上行結腸から盲腸、小腸の回腸部分、さらには空腸部分……ひとつながりになった腸管が、べりべりと音を立てて腹の裂け目から引きずり出される。腸壁が破れて溢《あふ》れ出た消化液や汚物のにおいが、暗い病室いっぱいに立ち込める。

熱く脈打ち、ぬらぬらと光る何メートルぶんものはらわた。荒縄をしごくようにして引き伸ばすと、殺人鬼はそれを、その持ち主の首に巻きつけた。

獲物の顔の上にのしかかるような体勢で、腸を握った両手に力を込めた。

傷ついた獲物の喉に、彼自身の腸管が深く喰い込む。ひゅ、と呼吸が途切れる。口の中に詰め込まれていた眼球が一個、ぼとりと唇の間から転がり落ちる。

文字どおり血の海と化したベッドの上で、その海の底へ沈み込むようにして、まもなく獲物はいっさいの動きを失った。

殺人鬼は悠然と上体を起こす。血と脂でべとべとになった己の指を舐《な》めながら、無惨な獲物の死骸《しがい》を見下ろす。

底なしの狂気に冒されたその双眸《そうぼう》が、枕もとにぶらさがっているナースコールのスイッチを捉《とら》え、ぎらりと光った。

4

ブザーの音が鳴り響き、パネルに並んだ円いライトの一つが赤く点滅した。――ナースコールだ。

溝口沙也香《みぞぐちさやか》は飲みかけの紅茶のカップを置き、パネルに目を向けた。点滅するライトの上には「511」という数字があった。

その個室のベッドにいる患者の姿を思い浮かべて、沙也香は強い不審を覚えた。

（511？）

（どうして511号室から、ナースコールが？）

その患者——白河誠二郎がどういった人物で、現在どんな容態であるのかは、この病棟に勤務する看護婦ならば誰もが知っている。今年になってからこの病院に勤めはじめた新米看護婦の沙也香にしても、例外ではない。

院長、白河啓一郎の実の弟。どこかの大学の先生だったと聞く。半年前に登山中の事故で頭に大怪我をし、治療の甲斐《かい》なく植物状態になってしまったのを、院長が自分の病院で引き取ることにした。回復の見込みは、少なくとも現代医学の力では限りなくゼロに近いという。

植物状態。——思考力も意識も持たず、手足を動かすことはおろか、見ることも喋《しゃべ》ることも、ものを食べることすらみずからの意思ではできない。そんな患者の病室から、いったいどうして……。

云《い》うまでもなくこれは、今しがた病室のベッドを血みどろの解剖台に変えた彼の仕業だったわけだが、沙也香には事実を知るよしもない。不審を覚え、いくらか気味の悪さも感じたものの、そこでそれ以上、深い疑念を抱こうとはしなかった。

とにかく見にいってみよう、と思った。

建物も設備も、すでにかなり古くなってきている病院だ。おおかた機械のトラブルなのだろう。あるいはひょっとして、何かの弾みであの患者の腕が動き、スイッチに当たってしまったのか。

椅子から立ち上がり、壁の時計を見る。

あと数分で午前一時になろうかという時刻だった。

隣の仮眠室にいる喜多山静子《きたやましずこ》に声をかけようかとも思ったが、やめにした。午前二時には病室の見まわりに行かなければならない。それまでは寝かせておいてあげよう。少し熱があるようだとも云っていたし……。

各階のナースステーションには、夜間も最低二人の看護婦が詰めることになっている。今夜はもう一人、ヴェテランの喜多山静子が夜勤に入っているのだが、体調がすぐれないのでちょっと横にならせてほしいと云って、先ほどから仮眠室で休んでいるのだった。確か彼女は、きのうの昼勤にも入っていたはずだ。日ごろからのハードな勤務で、きっと疲れがたまっているのだろう。

人手が足りないのは分かるけれど、もう少しわたしたちの身にもなってスケジュールを調整してほしいものだ――と、これは同僚の看護婦たちの口からつねづね聞かされる不満である。しかし沙也香は、静子がそういう愚痴をこぼすのを一度も耳にしたことがない。生真面目な性格だからか。思っていても口に出さないだけなのか。

年齢は四十前だが、結婚はまだらしい。けれども寂しそうな様子はまるでなくて、医師たちに対してありがちな媚《こ》びを売るようなところもない。いつも毅然《きぜん》としていて、なおかつ患者や後輩たちにはとても優しい。

沙也香はそんな静子を看護婦として尊敬していたし、こう云うとまわりの者たちには驚かれるかもしれないが、一人の女性としてちょっとした憧《あこが》れを抱いてもいた。

ああいうふうになれたらな、と思う。

結婚なんかしなくてもいい、したくはない。恋人なんかも要らない、欲しくない。長く付き合っていた恋人と最近ひどい別れ方をしたばかりだからだろうか、静子をそばで見ていると、何だか本気でそう思えてくるのである。

懐中電灯を持ち、沙也香はナースステーションを出た。

主な照明が消され、廊下は薄暗い。足速に目的の病室へと向かった。

長い廊下の突き当たりを左に折れる。〈非常口〉と記された緑色の電光表示が、折れた廊下のいちばん奥に見える。511号室はその手前、右側の部屋だった。L字形をした建物の端、南西の角に当たる位置である。隣と向かいの個室のベッドは、今は両方とも空きになっている。

ドアの前に立つと、若干のためらいののち、とりあえず軽くノックしてみた。当然のことながら、返ってくる声はなかった。

沙也香はそろりとノブをまわし、ドアを開けた。

病室内の闇は廊下よりもいっそう深い。懐中電灯を点《つ》けて前方へ差し向けながら一歩、足を踏み込んだ。——とたん。

異様な臭気が鼻を突き、沙也香はたじろいだ。思わず息を止め、掌《てのひら》を口もとに当てる。

（何なの、このにおい）

まさに異臭と呼ぶにふさわしいにおい、であった。吐《と》瀉《しゃ》物と排泄《はいせつ》物をどろどろに混ぜ合わせたような、どうにも形容しがたい悪臭。加えて何か、生臭いような鉄臭いようなにおい。

（いったいこれ……）

戸惑いながらも歩を進めた。三歩めでずるり、と足が滑った。沙也香は短い悲鳴を上げて尻餅《しりもち》をついた。床が濡《ぬ》れているのだ。何だろうか、ひどくぬるぬるしたもので。

転んだ拍子に懐中電灯を取り落とした。床に突いた手がぬるり、とまた滑る。

したたかに打った腰の痛みをこらえ、どうにか身を起こす。異臭の充満する闇に上体を泳がせるようにして、懐中電灯を拾い上げた。

「白河さん？」

返事があるはずはないと承知しつつ、呼びかけてみた。懐中電灯の光をベッドのほうへ向ける。

人の形に盛り上がった掛け布団を、光が捉えた。沙也香は驚いた。どうしたわけか、布団が顔の上にまで被《かぶ》せられているのだ。茶色い靴を履いた二本の足だけが、布団の下からにゅっと突き出している。

(白河さんが、自分で?)

まさか。そんなことは絶対にありえないはずだが。

「白河さん?」

また足を滑らせないよう注意しながら、ベッドに歩み寄った。

布団が何だか汚れている。点滴のチューブが外れているのにも気がついた。——ああ、これは? まさか本当に、植物状態にあるはずの患者が身を動かしたのだろうか。

「白河……」

そろそろと手を伸ばし、布団を捲《めく》り上げてみて——。

(何? これ)

沙也香は呆然《ぼうぜん》と目を見張った。

そこに現われたものが何なのか、あまりにもその変形ぶりが凄《すさ》まじいため、彼女の思考能力は何秒かのあいだ停止してしまい……。

(……顔?)

ようやくそう認識した。

両眼をくりぬかれ、両耳と鼻を削《そ》ぎ落とされた――これは、顔だ。首には何か、気持ちの悪い寄生虫のようなものが巻きついている。大きく切り裂かれた腹部。敷き布団のシーツは、傷口から流れ出た大量の血でぐずぐずになっている。

これが異臭の源なのだ。この、もはや人とは呼べないようなおぞましい肉の塊が。

理解すると同時に、猛烈な吐き気が込み上げてくる。あとじさり、両手で口を押さえてくの字に身を折った。

何が起こったのだろう。いったいここで、何が……。

殺人、という言葉を思いつくのに、さらに何秒か時間がかかった。思いつくや否や、沙也香は「警察……」と口走って踵《きびす》を返した。

「警察を」

もつれる足で廊下へ引き返そうとする沙也香の前に、そのとき――。

暗闇の中から湧き出すようにして現われ、ドアを塞《ふさ》いで立ちはだかった人影があった。

殺人鬼である。

「あっ」

沙也香は立ちすくんだ。

「だ、誰……」

相手に考えるいとまを与えず、殺人鬼は素早く腕を振り上げる。

びゅう、と鋭く空気を切る音が、病室の闇を震わせた。沙也香の右手の甲に激しい衝撃と痛みが走り、持っていた懐中電灯が弾《はじ》き飛ばされた。

「ひいいぃ」

びゅう、とまた音が唸《うな》る。退く沙也香の、今度は顔面を狙って攻撃が来る。

殺人鬼の手には、長さ一・五メートルほどの肉の鞭が握られていた。先の獲物の体内から取り出した、それは人間の大腸であった。新たな獲物を呼び寄せるためにナースコールのスイッチを押したあと、死体の首に小腸部分を残したまま、これを切り取ったのだ。巨大な環形動物を思わせる肉の鞭《むち》が飛び、沙也香の左の頬を激しく打った。ぐちっ、といやな音がして血と汚物が散る。

沙也香はひとたまりもなく、横様に身を崩した。頰に受けた衝撃はびりびりと頭の芯《しん》まで響き込み、刹那《せつな》、いま自分がどこにいて何をしているのか分からなくなった。

殺人鬼は、倒れ伏した獲物にゆっくりと歩み寄った。凶器を両手に持ち直し、絞首刑のロープのような輪を作って喉《のど》にかける。

生温かくてぬめぬめとした感触を、沙也香は首のまわりに感じた。正体を察知する暇もなく、そのぬめぬめとしたものが喉を絞めつけはじめる。まるでそれ自体が凶暴な意志を持った生き物でもあるかのように。

必死になって引き剝《は》がそうとしたが、滑ってうまく摑《つか》めなかった。甲高い耳鳴りに重なって、ぐちぐちといやらしい音が聞こえる。物凄《ものすご》い悪臭が鼻腔《びこう》に突き刺さる。呼吸ができなくなる。苦しい……。

気が遠くなりかけたとき、首を絞める力がすっと去った。殺人鬼がみずから力を緩めたのだ。

それはしかし、獲物に対する慈悲ゆえではなかった。逆である。

あまり簡単に死なれては面白くない。もっとたくさんの苦痛と恐怖を味わってもらわねばならない。——そういうことなのだ。

長い髪の毛を鷲摑《わしづか》みにし、無理やり引きずり起こした。

呼吸の自由を得た沙也香は、喉に巻きついたぬめぬめしたものを振りほどき、むさぼるように空気を吸い込んだ。とつぜん襲いかかってきた相手が何者なのかも分からぬまま、その凶悪な手から逃れようとがむしゃらに身をよじらせる。が、それはまったく無駄な抵抗というものであった。

殺人鬼は獲物の右腕を摑み、捩《ね》じり上げた。膝《ひざ》を突き出し、容赦のない力を込めて、摑んだその腕を膝頭《ひざがしら》に叩《たた》きつける。

「ぎゃっ！」

肘《ひじ》の関節が、本来とは逆方向に圧《へ》し折られた。折れた骨が勢い余って筋肉や皮膚を突き破り、血をほとばしらせながら体外へ飛び出す。

「うわ、うわっ……」

あまりの激痛に、満足な叫び声すら上げられなかった。

(腕が)

殺人鬼が手を離すと、沙也香の右腕はだらりと垂れ下がった。持ち上げようと思ってもまるで力が入らない。

(あたしの、腕が……)

続けて殺人鬼は、同じ手順で獲物の左腕を破壊しにかかった。右腕と同じような角度で肘の関節が折れ、同じように骨が外へ飛び出した。淡々とした、実に的確な仕事ぶりであった。

(……どうして)

逃げ出そうとする気力も完全に萎《な》え、沙也香はその場にへたりこんだ。折られた両腕だけではなく、下半身にもまるで力が入らない。股間《こかん》から尿が洩《も》れ出すのを、どうしても止められなかった。

(何であたしが、こんな目に……)

殺人鬼は、嗚咽《おえつ》する獲物の身体に両手を伸ばし、俵を担ぎ上げるようにしてみずからの肩に乗せた。そのまま大股《おおまた》歩きでベッドのほうへ向かう。そして——。

ベッドの上で仰向《あおむ》けになった死体の、血だまりと化した腹部めがけ、杵《きね》を突くようにして獲物の頭を落とした。十文字に切り裂かれた腹の中に、ずぶりと顔が押し込まれる。
血と脂肪、リンパ液や消化液、ぐちゃぐちゃになったはらわた……腹腔内に残っていた
それらが、一緒くたになって口の中に流れ込んできた。異物は鼻の孔《あな》にまで侵入してき、
またしても沙也香を呼吸困難に陥れる。
（……助けて）
両腕を折られた痛みも忘れ、沙也香は狂ったように両足を動かした。無理に息をしよう
としても、体液や汚物を吸い込んでしまうだけだった。
（助けて。もう……）
もうだめだ、と思ったとき、頭が引き抜かれた。急いで呼吸をするが、口中の異物が空
気とともに喉に飛び込んできて、胸が破れそうなくらいに噎《む》せ返った。
（助けて、誰か）
わずかに残っていた気力を振り絞って、小刻みに頭を動かす。だが、殺人鬼は解放して
くれない。しっかりと胴体を抱え込んだまま、勢いをつけてふたたび、沙也香の頭を死体
の腹腔内に押し込んだ。
しばらく押さえつけてから、また引き抜く。血まみれの内臓の破片をだらしなく唇の端
から垂らしながら、沙也香はなおも頭を振り動かす。がくがくと両足を震わせる。
（助けて……）

もういいだろう、とでも云《い》うように、殺人鬼は唇の端を吊《つ》り上げた。そろそろ息の根を止めてやってもいいだろう。

三たび、今度は最大レベルの力を込めて頭を落とした。

ぐきっ、と鈍い音を立てて、呆気《あっけ》なく首の骨が折れた。ひときわ激しく両足が震え、そして止まった。

(たす……け……)

意識が消滅する寸前、沙也香の心に最後に浮かんだのは、両親の顔でも兄弟の顔でもなく、ましてや先輩の喜多山静子の顔でもなく──。

一ヵ月前に喧嘩《けんか》別れした恋人の、もう二度と見たくはないと思ったはずの顔だった。

5

真実哉は結局、愛香はもちろん啓一郎伯父にも和博にも黙って、一人で家を出た。

外では雨が降りしきっていたが、傘を探している時間はなかった。濡《ぬ》れるのを覚悟で玄関から飛び出し、前庭を駆け抜ける。そうしていったん表の道路に出てから、隣の病院をめざして全力で走った。

雨は思ったよりもずっと激しく、冷たかった。大した距離ではないから、と甘く見ていたのだが、病院の門の前まで辿《たど》り着いたときにはもう、頭から靴の中までずぶ濡れになっていた。

敷地内に入ったところで、雨の滴が流れ込んできて霞《かす》む目をこすりながら、病院の建物を見上げた。

鉄筋四階建ての白い建物は、こうして正面から見ると、姉が通っている中学校の校舎に形が似ている。彼女に連れられて一度――去年の春ごろだったか――、真実哉は中学を訪れたことがあった。小学校にある三階建ての鉄筋校舎よりも、何倍も大きくて広い建物に見えた。

ぼくもあと何年かしたらこの学校に入って、毎日この校舎の教室で勉強することになるんだろうか――と、妙な気分になったのを憶《おぼ》えている。それがいやだと思ったわけではない。ただ何となく、いま自分がいるのとはまったく連続性のない、まるで違う法則に支配された異世界を垣間見《かいまみ》てしまったような気がしたのだった。

ここに入ればぼくは、それまでのぼくとは違うぼくになってしまう――と、何かしらそんな、恐れにも似た気持ちを抱きもした。

早く大人になりたい。

大人になるのが怖い。

少年たちの心はいつも、二つの想いの間をアンビバレントに揺れつづけている。真実哉もまた、そういったごく普通の少年の一人なのだということである。

深夜の病院。

雨に打たれながら闇の中に建つそれは、一方で巨大な要塞《ようさい》めいても見え、とても不気味だった。昼間に幾度となく訪れたことのある建物とは、何だか造りそのものが変わってしまっているようにも……。

真実哉は深呼吸を一つすると、濡れた髪を掻《か》き上げながら建物の入口に向かって足を踏み出した。

玄関のガラス扉が一枚、開いたままになっている。

病院は夜中も戸締まりをしないんだろうか、と訝《いぶか》しく思った。だからあいつが簡単に入ることができたんじゃないか、とも思った。

急いで中へ駆け込もうとしたのだが、そのとき——。

雨音とは別に何か、ぺちぺちという物音が聞こえてきて、真実哉をぎくりと立ち止まらせた。

物音が聞こえたほうを振り向いた。建物に向かって右手の、玄関ポーチの外の……大きな樅《もみ》の木が植えられた、その根もとのあたり。そこに、動くものの影が見えた。茶色っぽい毛並みの、あれは犬だ。犬がいる。

柴犬《しばいぬ》か、その雑種のようだった。野犬だろうか。それともどこかの家の飼い犬が迷い込んできたのか。

真実哉をさらにぎくりとさせたのは、その犬のそばに横たわったものの姿だった。——人間だ。誰かがそこに倒れているのだ。

犬はじっと真実哉のほうを窺《うかが》っている。「しいっ」と声を投げつけながら、真実哉はそちらへ足を向けた。犬は低く唸《うな》り、その場から離れようとしない。真実哉はとっさの判断で、地面から石ころを一つ拾い上げ、犬に向かって思いきり投げた。

「あっちへ行け」

石ころはうまく相手の体に命中した。かぼそい鳴き声を上げ、犬が逃げる。

木の根もとの人影は、それでもまだそこに倒れたままだった。まったく身動きしない。

真実哉は恐る恐る歩を進めた。

灰色のブルゾンを着ている。男の人のようだ。仰向けに倒れている。顔は横を向いている。万歳をするように両腕を地に投げ出している。片方の手には懐中電灯らしきものが握られている。

その手前の地面には、何か重いものを引きずったような跡が残っていた。土が抉《えぐ》られ、溝状の水たまりができているのである。

さらに近寄っていっても、男は動かない。それが何を意味しているのか、真実哉は否応《いやおう》なく恐ろしい想像をしなければならなかった。

あの人はきっと死んでるんだ。誰かがあの人を殺して、あそこまで引きずっていったんだ……。

近寄るにつれて、顔の様子が明らかになってくる。顎《あご》から喉《のど》もとにかけて、どす黒い傷が口を開けているのが見て取れた。肉が抉り取られ、血が流れ出している。

(あの犬が食べたんだ!)

男の顔には見憶えがあった。この病院の職員だ。名前が何というのかは知らないが、一階の受付のところにいるのを何度か見たことがある。

びっくりしたように両の目を見開いたまま、表情を凍りつかせている。やはりもう死んでいるのだ。今の犬に襲われて死んだのではないことは、その額を見れば明らかだった。致命傷と思《おぼ》しき深い傷を、眉間《みけん》のあたりに負っているのだ。何かそう、鋭い刃物で突き刺されたような……。

「あい、あいつだ」

真実哉は悚然《しょうぜん》と立ち尽くした。

「あいつが殺したんだ」

あの殺人鬼の仕業だ。建物に入ろうとしたところをこの人に見つかって、だから殺したんだ。殺して、あそこまで引きずっていったんだ。

やっぱりさっきぼくが「見た」ものは、現実の出来事だったんだ。お姉ちゃんたちが云うような「悪い夢」なんかじゃなかった……。

（お父さん！）

真実哉は強く身を震わせ、男——事務員の冬木貞之——の死体から目をそむけた。踵《きびす》を返し、開いていた扉から建物の中へ飛び込む。

（お父さんが殺されちゃう）

薄暗い明りの下、床のところどころがひどく濡れている。あいつが歩いた跡だ、と思った。沼から出て、雨の中をやってきた。だからこんなに……。

エレヴェーターホールまで一気に走った。一階のロビーには、当然のように誰の姿もない。きゅっきゅっ……というスニーカーの靴音が、やけに甲高く薄闇に響く。

エレヴェーターの呼び出しボタンを押してから、扉の上の階数表示を確かめた。ケージは四階にある。

クリーム色に塗られた鉄の扉の向こうで、がらがらと重い音がしはじめる。見るからに古びたエレヴェーターだ。じれったいほどに動きが遅い。

これをじっと待っているよりも、走って昇るほうが早いと思った。

真実哉はエレヴェーターの前を離れ、横手にある階段へと向かった。

一段抜かしで階段を駆け昇る。心臓の動きがますます速くなり、顔がのぼせたように熱くなってくる。それでいて、手や足の先は氷で冷やされたように冷たい。

足がだるくなってきて途中から一段抜かしができなくなり、ようやくの思いで四階まで昇り着いた。膝《ひざ》に手を突いてほんの少しだけ休み、すぐに廊下を駆けだす。——と、そこで。

「どうしたんですか」

いきなり声をかけられた。

びっくりして振り向くと、ナースステーションの窓口に看護婦が一人いて、怪訝《けげん》そうにこちらを窺っている。知った顔だった。喜多山静子という名前の、この病棟の看護婦だ。

「あらら。真実哉君じゃないの」

向こうも相当に驚いたようだった。

「こんな時間に……まあ、どうしたの。そんなびしょびしょになって」

「大変なんだよ」

真実哉は窓口に駆け寄り、息を切らせながら訴えた。

「お父さんの部屋に、あいつが来たんだ。お父さんが殺されちゃうよ。早く行って助けないと……」

6

喜多山静子が仮眠室から出てきたのは、午前一時過ぎのことだった。溝口沙也香の姿が見えないので、きっとどこかの病室に呼ばれて行っているのだろう、と思った。そう云《い》えばさっき、ナースコールのブザーの音がかすかに聞こえたような気がする。気を遣って、わたしには声をかけずに出たのだろう。

薬を飲んで少し眠ったおかげで、だいぶ身体が楽になっていた。まだちょっとふらふらするけれど、とりあえず熱は下がったようだ。昼間から続いていた頭痛も治まっている。

ここのところずっと、あまり体調が芳しくなかった。二月の末にかかった風邪が治りきらず、ずるずるとあとを引いているような感じだった。無理のしすぎだろうか。この辺でちゃんと休暇を取って、身体を休めたほうがいいのかもしれない。

薬の副作用だろう、ひどく喉が渇いていた。お茶でも淹《い》れようと思い、静子は部屋の隅にある流し台に向かおうとした。するとそこに、誰かが廊下を走る騒々しい音が聞こえてきたのである。

「……大変なんだ」

啞然《あぜん》とする静子に、真実哉は両手をじたばたと動かしながら繰り返す。

「早く。看護婦さんも一緒に来て」

「でもね真実哉君、そんな……」

「夢じゃないよ。ほんとのことなんだ。ほんとにぼくは見たんだよ」

頬を紅潮させ、声を高くして、少年は懸命に訴える。びしょ濡《ぬ》れになった髪から、細かな水しぶきが飛び散る。

「殺人鬼が来たんだ。ベッドのそばに来て、お父さんを……」

「殺人鬼？」

この子は何を云っているのだろう。どこで何を「見た」と云うのだろう。

「落ち着いて。ね、真実哉君。あんまり大きな声を出すと、寝ている患者さんが目を覚ましちゃうから」

静子は穏やかな口調で少年をたしなめ、窓口を離れて廊下に出た。

「早く」

と云って真実哉は、出てきた静子の、白衣の袖《そで》を摑《つか》んで引っぱる。髪だけではなく、服も靴もすっかり濡れていた。どうやらこの子は、外の雨の中を傘も差さずにやってきたらしい。

「いい？　真実哉君」

静子は少年の顔を覗《のぞ》き込んだ。

「ちゃんと分かるように説明してくれる？」

「あいつが、殺人鬼がこの病院に入ってきたんだ。玄関のところで、男の人が殺されてるんだよ。それからあいつはお父さんの部屋に来て、それで……」

嘘をついているふうではない。目つきも口振りも、真剣そのものだ。けれど、そんなとんでもない話が本当に？　と、静子は大いに戸惑うのだった。

「殺人鬼」って、いったい誰のことなのだろう。玄関のところで男が殺されているって、いったい誰が？

その辺を問いただそうと思って静子が口を開きかけると、真実哉は「もういいっ」と声を荒らげ、摑んでいた袖から手を離した。そして一人で廊下を駆けだす。

「あ……待って」

静子は慌てて呼び止めた。

「待ちなさい、真実哉君」

立ち止まりも振り向きもせず、少年は薄暗い廊下を駆けていく。静子はそのあとを追ったが、深夜の病棟だ、あまり騒がしい足音を立てるわけにはいかない。二人の距離は縮まるどころかだんだんと開いていき、やがて真実哉の姿は、突き当たりの角を曲がって見えなくなった。

静子が同じ角を折れたとき、少年はすでに奥から三番めの病室の前あたりにいた。まもなくいちばん奥の、５１１号室の前まで辿《たど》り着くと、彼は「お父さん」と呼びかけながらドアを開けた。

病室の明りが点《つ》くのが見えた。真実哉が点けたのだ。と同時に、「わあっ」という悲鳴のような声が響いた。

（どうしたんだろう）

静子は走る速度を上げた。

（まさか、本当に……）

明るくなった病室に何歩か踏み込んだところで、真実哉は凍りついたように立ちすくんでいた。その後ろから部屋の中を覗き込んでみて、静子も思わず「わっ」と声を上げた。いまだかつて見たこともないような凄惨《せいさん》な光景が、そこに待ち受けていたからである。

部屋全体が血の海になっている、と云っても過言ではない惨状であった。

リノリウムの床の至るところに真っ赤な血が飛び散り、いくつかの場所では大きな血だまりができている。部屋の中央あたりには、人間の臓器と思しきものが、巨大ミミズの死《し》骸《がい》めいた風情でぬらりと転がっていた。空気は物凄《ものすご》い異臭に満ちている。血と脂、内臓から流れ出した消化液や汚物のにおい、である。

そして、ベッドの上。

醜悪な、グロテスクな、吐き気を催すような……としか形容しようのないものが、そこにはあった。

目玉をくりぬかれ、耳と鼻を削《そ》ぎ落とされ、顔中が傷だらけ、血だらけになった男の死体が、まずあった。仰向《あおむ》けに寝かされている。裸にむかれたその腹部は十文字に切り裂かれ、腹腔《ふくこう》内から引きずり出されたと思われる腸管が、男自身の首に巻きついていた。

さらに――。

その死体の腹の中に頭を突っ込んだまま、逆立ちをしたような恰好《かっこう》でベッド脇の壁に倒れかかっているもう一つの死体。顔は腹腔に埋まっていて見えない。だが、その者が着ている血まみれの服が看護婦の白衣であることは明らかだった。

（……溝口さん？）

血糊《ちのり》で足を滑らせないように気をつけながら、静子は歩を進めた。

恐怖や生理的な嫌悪感、叫んだり逃げ出したりしたい衝動、といったものは不思議と込み上げてこない。あまりにも常軌を逸した情景を目の当たりにして、当たり前な感情が麻《ま》痺《ひ》してしまっている感じなのである。

（あなたなの？　溝口さん）

床に懐中電灯が落ちている。スイッチは入ったままで、まだ光を発していた。

ベッドに近づき、白衣の胸に付いたネームプレートを確かめた。「溝口沙也香」――はっきりとそう読み取れた。

「ひどい」

掠《かす》れた声が血の海に落ちた。

「ひどい。何ていう……」

誰がこんな惨《むご》い真似をしたのだろう。

正常な人間の仕業とはとうてい思えない。気の狂った者にしかなせぬ業だ。人並み外れた残虐さと怪力を併せ持った狂人にしか。

「殺人鬼が来たんだ」というさっきの真実哉の言葉を思い出して、静子ははっと彼のほうを振り返った。少年は入口付近に立ちすくんだまま、途方に暮れたような眼差《まなざ》しでベッドの死体を見つめていた。

「お父さん」

色の失《う》せた唇から洩《も》れる声。

「ああ……お父さん」

「見ちゃだめよ、真実哉君」

自分でも意外なくらい落ち着いた声音でそう云うと、静子は少年のそばに寄り、震える小さな肩に手をかけた。

「さあ、外へ出ましょう」

とたん、真実哉の身体から力が抜け、くたりとこちらに倒れ込んできた。静子は驚いてそれを受け止める。

「真実哉君？」

ショックのあまり貧血を起こしたのだろうか。静子が声をかけ、抱き止めた身体を揺さぶってみても、少年の返事はなかった。

「真実哉君、しっかりして」

顔を覗き込む。目を閉じ、口を半開きにしている。血の気は引いているが、呼吸は正常なようである。

静子は真実哉を抱きかかえるようにして、とにかく病室から出た。廊下の壁を背もたれにして床に坐《すわ》らせる。少年は目を閉じたまま、ぴくりとも動かない。

宿直の医師を呼んでこようか。それとも警察に連絡を？

一瞬だけ迷ったが、すぐさま取るべき行動を決めた。両方とも必要だ。ナースステーションに戻って、電話を……。

「待ってて、真実哉君」

云《い》い残すと、静子は廊下を駆けだした。

7

「さあ、外へ出ましょう」と看護婦に声をかけられた、そのとたん、またしても真実哉は〝発作〟に見舞われたのだった。

その中で彼は、やはり誰かの〝目〟になっていた。

誰の〝目〟なんだろうか、と考えるまもなく――。

殺す

例の邪悪な波動を間近に感じ、真実哉の意識は恐怖にすくみあがった。

殺す　殺す

これは、どこから来ているのだろう。これは……。

殺す　殺す　殺す……

ここだ、と真実哉は気がついた。

ここだ。この「誰か」の、そうだ、内側から。

(内側、って……？)

その言葉が意味するところを把握するのに、少し時間が必要だった。内側。――身体の内側。心の内側。……ということは。

(あいつだ)

真実哉の意識はさらにすくみあがった。

(これはあいつの〝目〟なんだ)

いったいどうしてそんなことが起こったのか、理解できなかった。

短い間隔で三度めの〝発作〟が起こった事実、それは事実として受け入れるしかないにしても、よりによって心の飛んだ先が「あいつ」の〝目〟だとは……。

ぼくの中にも「あいつ」がいるから？

そんなふうに疑ってもみた。

ぼくにミャオンの首を絞めさせたあれ（ころす……）が、この恐ろしい波動（殺す　殺す……）と響き合って、それで？

殺人鬼が今どこにいるのか、その〝目〟を通して見る周囲の様子でだいたい察しがついた。どこか、おそらくは人のいない病室の中だ。白いドアが目の前にある。鏡板に貼り付けられたプラスティックのプレートが見える。そこに部屋番号を示す数字が並んでいる。

――〈510〉。

これは隣の病室ではないか。

511号室で二人の人間を惨殺した（ああ……お父さん）あと、殺人鬼はいったん隣の510号室に身を潜めたのだ。そうしてたとえば、やってきた真実哉たちが離ればなれになるのを待っている――と？

殺害した人間たちの血でべたべたに汚れた殺人鬼の手が、おもむろに前方へ伸びる。ゆっくりとノブをまわし、ドアを開け……。

〝目〟が、動くものを捉《とら》えた。薄暗い廊下を走っていく白衣の後ろ姿である。

（いけない）

真実哉の意識は叫んだ。

（気をつけて！　看護婦さん）

しかし彼女は、まったくこちらに気づく様子がない。

8

全速力で廊下を走ってきて、今にも心臓が破裂しそうだった。胸がむかむかする。眩暈《めまい》がする。足がもつれ、世界がぐねぐねと歪《ゆが》んで見える。

それでも息をつくことなくナースステーションに飛び込むと、静子はまっすぐに電話の置かれたテーブルへ駆け寄った。古いダイヤル式の電話機である。受話器を取り上げようとしたが、手が震えてうまく摑《つか》めなかった。焦る。早く一一〇番を。そして宿直の先生に連絡を。

ようやく受話器を摑み取り、耳に当てた。無表情な発信音が聞こえる。ダイヤルに指をかける。――そのとき。

部屋の明りがとつぜん消えた。小さく悲鳴を上げて、静子はダイヤルから指を離した。振り向くと、開けっ放しのドアから部屋に入ってきたその男の姿があった。彼が照明のスイッチを切ったらしい。

（だ、誰？）

静子の手から受話器が落ちる。男が全身から放つ邪悪な波動――貪欲《どんよく》なまでの激しい殺意――を感じ取り、気圧《けお》されるようにしてあとじさった。

（まさか……）

ごつい体格の男だった。廊下から射し込む薄明りが逆光になり、どんな顔をしているのかは分からない。しかし、男の服がずっしりと何か濃い色のもので濡《ぬ》れているのは窺《うかが》い知れた。

血だ――と、静子はすぐに察した。この男が犯人なのだ。病室であの二人を殺したときに浴びた、あれは血なのだ。

殺人鬼はナイフを握った右手を振り上げ、新たな標的に向かって跳びかかった。猫科の肉食獣のような、音もなく素早い動きであった。

静子はとっさに横へ跳び、その攻撃をかわした。叫ぼうとしたが、喉《のど》の筋肉が引きつって声が出なかった。

振り下ろされたナイフは静子の右肩を掠《かす》め、スチール製のテーブルに当たった。派手な硬い音が弾《はじ》け、刃が根もとから折れる。

使いものにならなくなったナイフをあっさり手放すと、殺人鬼は前のめりに崩れた体勢を立て直すついでに、ぶんと左の腕を振った。腕は水平方向に大きな弧を描き、逃げようとする静子の右の首筋に命中した。

ひとたまりもなく、静子の身体は吹っ飛んだ。椅子をいくつか薙《な》ぎ倒して、勢いよく床に転がり伏す。

叫び声を上げるどころか、呼吸さえままならぬ状態になった。息をしようとすると、げっ、げげっ……と蛙が鳴くように喉が震えた。

向かってくる殺人鬼の黒い影が見えた。これでもう獲物を逃す心配はない、とでも云うのか、さっきの素早い動きとは打って変わった綽然《しゃくぜん》たる歩みだった。

(……いやよ)

静子は必死で気力を奮い起こし、部屋の奥へと身を転がした。

511号室の惨状が頭に浮かぶ。切り刻まれ、ひたすらにおぞましく醜悪な肉塊となり果ててしまったあの二人の……。

(いや!)

あんなふうになるのはいやだ。絶対にいやだ。わたしはまだ生きたい。まだ生きて、いろんなことがしたい。まわりのみんなはそんなふうには見てくれないけれど、結婚だって諦《あきら》めてはいない。子供だってまだ産める年齢だ。旅行もしたいし、美味《おい》しいものも食べたい。こんなところでこんなに唐突に、こんなどこの誰とも分からない男に殺されてしまうなんて……そんな話があってたまるものか。死にたくない。いずれ死ぬにしても、もっと意味のある死に方をしたい。

ごろごろと床を転がり、行き着いた先は洗い場の前だった。ぶつかった拍子に、流し台の下に造り付けられた棚の扉が開いた。

静子はほとんど反射的に、その扉の中へ手を伸ばした。そしてすぐに、置いてあったプラスティックの容器を探り当てた。容器の中身は、器具の洗浄に使う塩酸であった。

殺人鬼の影が近づいてくる。

一歩、また一歩と。

上体を起こし、手もとに引き寄せた容器のキャップを開けた。独特の刺激臭が闇に流れ出す。

「来ないで」

やっとの思いで声を絞り出した。

「来ないでよ」

殺人鬼の動きは止まらない。

静子は流し台に腰を押しつけるようにして立ち上がると、相手の顔めがけて力いっぱい容器を投げつけた。

殺人鬼は片腕を上げ、飛んできた物体をブロックした。ところがその結果、容器は腕に当たって高く跳ね上がり、零《こぼ》れ出した液体を顔に浴びてしまうことになる。

野太い呻《うめ》き声を発し、殺人鬼は両手で顔を覆った。これまでの犠牲者たちの血がこびりついた皮膚を酸が侵し、異臭を放つ。爪を立ててみずからの顔面を激しく掻《か》きむしりながら、ぐらりと後退した。

その隙に、静子は急いでその場から逃げ出そうとした。が、殴られた首と倒れたときに打った腰がひどく痛み、思うように動けない。落ち着いて、落ち着いて——と自分に云《い》い聞かせて、まずは呼吸を整える。

大丈夫。大丈夫だ。逃げられる。落ち着いて。相手は苦しんでいる。きっと塩酸が目に入ったんだ。視力を奪ったかもしれない。ドアは、あそこだ。このまま流し台に沿って横へ移動して、それから一気に……。

その考えはしかし、甘かった。殺人鬼が受けたダメージは彼女が考えたよりも遥《はる》かに小さく、従って立ち直りも早かったのである。

何歩も移動しないうちに、殺人鬼は人喰《ひとく》い熊のように両腕を広げ、静子に躍りかかってきた。

今度は、最初のように身をかわすこともできなかった。

殺人鬼の左手が、静子の頭をがっしりと摑んだ。弱々しい悲鳴を上げながらもがく彼女を、有無を云わさぬ力で押さえつけ、顔の中央めがけて右の拳《こぶし》を突き出す。

その一撃で、鼻の骨と上の前歯が折れた。悲鳴が途切れ、血しぶきが闇に舞う。そして——。

痛みを痛みとして感じる暇もなく、静子は気を失ってしまった。

9

意識が戻ったとき、静子は仮眠室のベッドの上にいた。どうして自分がここにいるのか、しばし判断に迷った。

夢だったのか、今のは。熱に浮かされて悪い夢を見ていたのだろうか。

だが、そうでないことはすぐに分かった。

首と腰、そして顔面に強い痛みがある。口の中には鉄臭い血の味がある。胸が悪くて今にも吐きそうだった。

気を失っていたのだ、と了解した。逃げようとしたところをあの男（あれが、真実哉君の云っていた「殺人鬼」なの？）に捕まり、物凄《ものすご》い力で顔を殴られ……。

……にしても、どうして今ここに、このベッドの上にいるのだろう。

部屋の明りが点《つ》いていた。はっきりと焦点の定まらぬ目に、天井の蛍光灯が映る。起き上がろうとして、身体の自由が利かないのに気づいた。手も足も、少しも持ち上げられない。頭を動かすことだけが、どうにかできた。

（……縛られてる）

静子はやっと状況を理解した。

身体がベッドに縛りつけられているのだ。何か丈夫な紐《ひも》で、身動きが取れないようにしっかりと。

(あの男は?)

静子は苦痛をこらえて首を動かし、左右を見た。

(あの男はどこに……)

その問いかけに答えるように、彼が視界の中に現われた。

地獄の血の池からたったいま這《は》い上がってきたかのような、真っ赤に染まった服を着ている。髪の毛にまで、びっしりと血がこびりついている。さっき浴びた塩酸のせいだろうか、それともそのあと自分の爪で掻きむしったせいだろうか、顔面は至るところが赤黒く爛《ただ》れ、傷つき、腫《は》れ上がり、それが本来どんな造作であったのか、容易には判別できないようなありさまになってしまっている。

殺人鬼。

文字どおりそれは、「鬼」さながらの姿であった。

「いやよ。やめて」

静子は震える声で云った。

「ほどいて。お願いだから」

殺人鬼は何とも応《こた》えない。冷たく光る目で彼女を見すえ、やがておもむろに、血で汚れた唇をにぃっと歪《ゆが》める。

「やめて……」

無駄だ、と静子は思った。いくら云ってみても無駄だ。この男は狂っている。完全に狂っている。

もう一度、手足を動かそうと試みる。ありったけの力を振り絞って、身をよじる。

しかし、それもまた無駄な努力でしかなかった。彼女の身体は、殺人鬼がナースステーションの戸棚から探し出してきたゴムホースによって、血行が止まりそうなくらい強くベッドに縛りつけられているのである。

「いや。誰か……」

叫ぼうとした静子の口に、いきなり何か硬いものが突っ込まれた。

何を……と思うまに殺人鬼の左手が伸び、軟骨の折れた鼻を押さえつける。そのまま頭《ず》蓋骨《がいこつ》が押し潰《つぶ》されてしまいそうな、怪物じみた力だった。

突っ込まれたものは漏斗《ろうと》であった。そして今、殺人鬼の右手にはキャップを外した白い容器が握られている。中に入った液体がたぷたぷと音を立てる。容器の口が漏斗に近づけられる。

かつて拷問の一つとして行なわれたという「水責め」を、これからここで殺人鬼は実行するつもりなのだ。

ただし、口に流し込まれる液体はただの水ではない。先ほど彼自身が、少しばかり苦しめられたもの。——そう。塩酸である。

液体が漏斗に注がれる。幾千本もの熱した針を飲み込んだような痛みが、静子の口腔《こうこう》と喉《のど》を襲った。

(何を、いったい……)

静子は眼球が飛び出さんばかりに目をむき、流れ込んでくる液体を吐き出そうとした。だが、鼻を塞《ふさ》がれていてそれもままならない。飲み込まざるをえなかった。

塩酸が食道へ、そして胃へと流れ込む。異様な感触だった。さほど高い濃度のものではないとは云え、酸はゆっくりと確実に内臓を蝕《むしば》んでいく。恐ろしい苦痛であった。悲鳴を上げることはもちろん呻き声を洩《も》らすことすらできず、静子はただ、緊縛された身体をわななかせるしかなかった。

容器の中身をすべて注ぎ込んでしまうと、殺人鬼は用意しておいた次なる道具に手を伸ばした。

猛烈な吐き気にむせぶ静子の目に、殺人鬼が取り上げたその物体の姿が映った。何か赤い、円筒形のもの。

（……何？）

朦朧《もうろう》とした意識の中で、静子はかろうじてそれが何であるのかを認めた。

（消火器？）

そんなものを持って、今度は何をしようというのか。いったい何を……。

だらだらと涎《よだれ》を垂れ流す静子の口から、突っ込まれていた漏斗が抜き取られた。代わって、消火器のホースの先が無理やり押し込まれる。

そこでやっと、静子は殺人鬼の悪魔的な意図を察知した。

（まさかそんな……）

（いやあっ！）

心の中で絶叫するのと、殺人鬼の手が消火器のレバーを握るのとが同時だった。

瞬間、つんと耳が鳴って音が聞こえなくなった。物凄い勢いでノズルから噴出した消火剤と炭酸ガスが、耳管咽頭口《じかんいんとうこう》から中耳に流入して鼓膜を破ったからである。

耳が……と思った、そこまでで静子の意識は途切れた。あとはただ、死へ向から真っ暗な急斜面を転がり落ちていくだけだった。

両耳と鼻の孔《あな》から、血の混じった白い泡が噴き出す。

一方、猛烈な圧力をもって気管と食道に注入されたおびただしい量の消火剤とガスは、わずか一、二秒のうちに二つの肺を、さらには胃袋をも破裂させた。胸腔内に溢《あふ》れたガスが、横隔膜を破って腹腔へと集まる。

白衣のボタンが弾《はじ》け飛んだ。べちべちといやらしい音を立てながら、腹部が風船のように膨らみはじめる。

見る見るうちに、静子の腹は通常の何倍もの大きさに膨れ上がった。臨月を迎えた妊婦どころの話ではない。

殺人鬼は消火器を放り出し、先ほど使った漏斗を右手に持った。尖《とが》った部分が拳の下へ突き出るようにして握り込む。

高々と腕を振り上げた。ぱんぱんに膨れ上がった獲物の腹、その中心部を狙い、満身の力を込めて拳を打ち下ろす。漏斗が肉に突き刺さる。

ばふっ、という異様な音とともに、肌色の風船が破裂した。限界まで伸びきっていた皮が、その一撃で破れたのだ。

血と消火器の泡、そしてぐちゃぐちゃになった肉片が、凄《すさ》まじい勢いで四方八方に飛び散った。床から壁から天井まで、部屋中の色を地獄のように染め変えた。

顔にかかった血を拭《ぬぐ》おうともせず、殺人鬼は冷然とベッドの上の無惨な屍《しかばね》を見下ろす。

激しい横殴りの雨が、ひとしきり窓のガラスを打ち震わせた。

殺す
凶悪な波動が、心臓の鼓動にリズムを合わせるようにして心の中でうねる。

殺す　殺す　殺す……

殺しても殺しても、その貪欲《どんよく》な意志は消えることがない。それどころか、ますます強く彼に命じるのだった。

次を。

次なる獲物を。

第5章　進行

1

気をつけて……という願いも虚《むな》しく、喜多山静子は殺人鬼の手に落ち、信じられないような方法でいたぶり殺されてしまった。その一部始終を、殺人鬼の〝目〟になった真実哉は結局、じっと「見て」いるしかなかったのだった。

ナースステーションに押し入った殺人鬼が静子を殴り倒し、気絶した彼女の身体を仮眠室に運んでベッドに縛りつけるまでの間――。

何とかして彼の動きを阻止できないものかと、真実哉は必死になって大声を出したり、手足を動かしたりした。だが実際には、肉体を離れて意識だけの存在となっている真実哉には〝声〟を出せなどしないし、動かすべき〝手足〟もない。それらの単純な試みが殺人鬼の行動に影響を与えることは、いささかもありえなかったのである。

殺人鬼は淡々と事を遂行していった。

真実哉は彼の〝目〟を通してそのすべてを見つづけた。

消火器の中身を注入され、化物のように腹を膨らませた看護婦の姿……。

それは真実哉に、幼いころ目撃したある恐ろしい光景を思い出させた。幼いころ——あれは彼がまだ幼稚園に通っていたころの、ある夏休みの出来事だった。

お盆の時期だった。家族みんなで、父の生家である羽戸町の白河家にやってきたときのこと——。

愛香と一緒に外へ遊びに出た真実哉は、途中で姉とはぐれ、一人で病院の裏手にあるあの沼のほとりへ行った。そこで彼は、自分よりもいくつか年上の男の子たちが三、四人、集まって遊んでいるのを見かけた。

「風船蛙、風船蛙……」

はやしたてるような子供たちの声を聞き、何だろうと不思議に思った。近づいてみて、その意味が分かった。

岸辺の土の上に、異様な形をした何匹ものトノサマガエルが転がっていたのだ。

白い腹を風船のようにまん丸く膨らませた蛙たち。歩くことができず、仰向《あおむ》けになってぴくぴくと脚を動かすばかりの蛙たち。

子供たちは新しい蛙を捕まえては、その肛門《こうもん》にストローを差し込む。それからストローの反対の端を口にくわえ、顔を真っ赤にして息を吹き込むのである。文字どおり風船のように、蛙の腹が膨れ上がる……。

やがて、子供たちは手に手にパチンコを構えた。そうして、岸辺に転がった「風船蛙」を標的にして石を撃ちはじめたのだった。石が命中し、次々と血しぶきを上げて破裂する蛙たちを見て、彼らはげらげらと大声で笑っていた。

目を覆いたくなるような、おぞましい光景であった。今にもその子供たちが、今度は自分に襲いかかってきそうな気がして、真実哉は一目散に伯父の家へ逃げ帰った。

「何であんなことをするの」

真実哉は父に事の次第を話し、訊《き》いた。

「ねえ、お父さん。何であんなひどいことをするの」

子供は残酷な遊びをするものだよ、と父は答えた。

「ぼくは子供だけど、あんなのはいやだ。あんなこと、したいなんて思わないよ」

「それは真実哉が優しい子だからだね」

「お父さんは？　お父さんも、小さいときはあんなことをしたの？」

父はちょっと考えてから、

「どうだったかな。やったかもしれないな」

そう云《い》って、凄《すご》むように唇を歪《ゆが》めてみせた。

いま思うと、あれは息子を怖がらせるための冗談だったのかもしれない。すくみあがった真実哉に向かって、それから父は、右手でピストルの形を作って「ばんっ！」といきなり大声を発し、真実哉がびっくりして悲鳴を上げると、おかしそうにくすくすと笑っていた……。

殺人鬼の一撃を受け、看護婦の腹が破裂する。〝目〟に映ったそのとんでもない光景に、「ばんっ！」というあのときの父の声が重なって響いた。

(やめて！)

真実哉の意識は叫んだ。無駄だと分かっていても、叫ばずにはいられなかった。

(もうやめて！)

殺人鬼はしばし、ベッドに横たわった血みどろの死体を黙って見下ろしていたが、そのうち悠然と踵《きびす》を返した。

廊下に出るドアを〝目〟が捉《とら》える。そちらに向かってやおら、歩きはじめる。

(止めなくちゃ)

真実哉は焦った。

(こいつを止めなくちゃ)

でないと、大変なことになってしまう。こいつは人間じゃない。人間の形をした、意味のない人殺しを行なうためだけに存在する怪物だ。このまま放っておいたら、みんな殺されてしまう。

早く意識が肉体に戻らないものかと思ったが、自分の意思ではどうにもならなかった。

戻れ、戻れ——と懸命に念じてみたけれど、〝発作〟はいっこうに治まらない。

その間に殺人鬼は部屋から出、薄暗い廊下を進んでいた。階段のほうへ向かっている。

もとの病室に引き返してこなかったのは、真実哉にしてみればまだしも幸いであった。

(だめだ!)

真実哉は叫ぶ。

(止まれ。動くな)

しかしむろん、殺人鬼が歩みを止めるはずはない。

(ああ……)

どうしたらいいんだろう。

いったいどうしたら、こいつを止められるんだろうか。

真実哉はそこで、一計を案じた。

今、ぼくはこいつの〝目〟になっている。〝耳〟になってもいる。ならば——。

ならば、もしかしてこいつの〝心〟の中にまで入り込むことも可能なんじゃないか。そうして直接そこに働きかけて、こいつの動きを何とかすることも……。

すぐに真実哉は、その思いつきを実行に移してみた。

〝目〟や〝耳〟を通して外側へ向かっている己の意識を、逆に内側へと向かわせる。この〝目〟や〝耳〟を支配しているもの——殺人鬼の〝心〟の内側へと。

初めての試みだったが、思ったよりも容易に方向転換は成功した。外界を離れて暗転した〝視界〟の中に、ほどなく——。

何か得体の知れない、乳白色をしたものが現われた。

全体像は定かではない。立ちはだかる壁のようにも見えるし、惑星の大きさを持った球体の表面であるようにも見える。

あれが、こいつの〝心〟なのだろうか。

真実哉は恐る恐るそれに近づき、その内部に入り込んだ。それは意外に薄く柔らかく、すんなりと真実哉の侵入を許した。

ゼリーに指を突き刺すような感触、とでも喩《たと》えれば良いだろうか。乳白色の〝壁〟を突き抜けると、真実哉は落下を始めた。気球が降下するように、ゆっくりと。

その途上、真実哉の意識が視覚的なイメージとして捉えた風景。——それは〝砂漠〟であった。

見渡す限り、何もない。何も聞こえない。異様なまでの静寂に押し包まれた、荒涼とした灰色の砂漠……。

これが——ここが、あいつの〝心〟の中なのか。

人の〝心〟の中がどのような〝風景〟なのか、知っていたわけではもちろんない。けれども、これはあまりにもひどすぎる、と感じた。これほどに何もない、荒れ果てた〝心〟があるものだろうか。

途方に暮れる真実哉の行く手に、まもなく〝砂漠〟とは異なるイメージが出現した。それはこの〝心〟の中心部にあって、いびつなまでに激しい動きを見せていた。黒い、巨大な渦の塊、とでも云おうか。あるいは、茫漠《ぼうばく》と広がる砂漠の真ん中にできた、とてつもなく大きな蟻地獄の巣のようにも見えた。

その渦が放射する波動を、具体的な意味として

殺す　殺す　殺す……

感じ取るや否や、真実哉の意識は悲鳴を上げた。

殺す　殺す　殺す　殺す　殺す　殺す……

あれだ。

あの真っ黒な渦こそが、この〝心〟を支配するもののすべてなんだ。

病室の窓からあの男の姿を見たとき、ぼくやお姉ちゃんの中にまで飛び込んでこようとしたもの。ぼくにミャオンの首を絞めさせたもの。お姉ちゃんにぼくの首を絞めさせたもの。——あれが。あれこそが。

渦が持つ引力に引かれるようにして、真実哉は落下していく。

これ以上は近づくと危険だ、と思った。引き返せなくなってしまう。あの中に呑《の》み込まれ、取り込まれてしまう。

真実哉は必死になってその力に逆らい、乳白色の〝壁〟を突き破って〝心〟の外へと脱出した。

（……だめだ）

ふたたび単なる〝目〟の位置に自分を置きながら、真実哉は徒労感と無力感に打ちひしがれた。

だめだ。あんなの、ぼくの力じゃあどうしたって止めることなんかできない……。

その時点で殺人鬼は、建物の二階まで降りてきていた。ひとけのない廊下を足音もなく進み、やがて〈集中治療室〉という表示の出た白い両開き扉の前に立つ。その部屋の中にいる、狙うべき次なる獲物のにおいを嗅《か》ぎつけたからであった。

あの女の人がいる部屋だ――と、真実哉はとっさに悟った。

昼間の〝発作〟のとき〝目〟になった、あの女の人。峠道であいつに襲われて、車ごと崖《がけ》から転落して、大怪我をしてこの病院に運び込まれたというあの女性が、きっとこの中にはいるのだ。

一度狙った獲物は逃さない。――そういうわけなのか。

殺人鬼の手が、扉に伸びる。

2

冴島美砂子は目覚めた。どろどろに煮詰められたにかわの海から這《は》い上がってきたような、この上なく不快な覚醒《かくせい》感だった。

もう朝なのだろうか。それともまだ夜？

そこが自宅の寝室であると錯覚した美砂子は、横を向いて窓の外の明るさを確かめようとした。しかし、なぜだろうか、全身がひどく痺《しび》れていて思うように動けない。うまく焦点の定まってくれない目だけをどうにか動かして、右側を見た。いつも夫の武史が眠っている位置である。が、そこに彼の姿はなかった。

まだ帰ってきてないんだろうか、と美砂子は思った。また何か大きな事件でもあったのかしら。

——にしても、何だか妙な心地がする。

さっきから聞こえている音、あれはいったい何だろう。耳慣れない、何か機械が唸《うな》るような音だけれど。

身体の痺れはいっこうに治まらないが、目の焦点はだんだんとはっきりしてきた。いま一度右側を見て、それから反対側を見た。

部屋の様子が変だ――と、そこで美砂子はようやく気づいたのだった。

ここは、違う、あたしの家じゃない。あたしの寝室じゃない。

布団ではなく、ベッドの上に横たわっていた。透明なビニールのカーテンが、ベッドの四方を囲んでいる。天井の色が違う。薄暗く灯った照明の形もまるで違う。

美砂子は混乱した。

どこだろう、ここは。どうしてあたしはこんなところに、こんなベッドの上に寝かされているんだろう。

声を出そうとした。だが、口いっぱいに詰め物でもされているような感じで、うまく言葉が喋《しゃべ》れない。「あなた?」と云《い》おうとしたのが、発声されたのは「ぐぐ」という、とても自分のものとは思えないような薄気味の悪い呻《うめ》きだった。

(何なの)

美砂子の混乱は大きくなる一方だった。

(どうしちゃったの、あたし)

痺れた身体を無理に動かそうとした。するととたん、手足、胸、腰、そして顔……全身に鋭い痛みが走った。同時に軽い吐き気も込み上げてきた。思わずまた、今度は反射的に呻き声が出る。

怪我をしているのだ、と分かった。

あちこちに包帯が巻かれている。手にも足にも、顔にもだ。だから思うように動けないのだ。だからこんなにひどい痛みが……。

ということは、ここは病院なのかもしれない。病室のベッドの上なのかも。

一時的な記憶喪失状態に陥っていた美砂子にはしかし、なぜ自分がそのような怪我をしたのか、依然として思い出せないのだった。

「大丈夫ですか」

と、女性の声がした。聞き憶《おぼ》えのない声だった。

「気がついたんですか」

カーテンが細く開き、その声の主が入ってくる。見知らぬ顔の若い女だったが、白衣を着ていることから病院の看護婦だと察しがついた。胸にネームプレートを付けている。

「加川泰子《かがわやすこ》」とある。

「大丈夫ですか。痛みますか」

痛い、苦しい、と答えようとしたが、やはり言葉にならない。出るのは嗄《しわが》れた呻き声だけである。

もう一度、身体を動かそうと試みた。

手の指は？　――両方とも動く。ベッドのシーツを摑《つか》んでみる。じとっと汗で湿った感触が伝わってきた。

次は首を動かしてみた。痛みをこらえて顎《あご》を引き、重たい頭を少し持ち上げる。包帯の巻かれた左腕に、点滴のチューブが刺さっているのが見えた。

「動いちゃだめですよ」

看護婦がびっくりしたような顔で制した。つんと尖《とが》った鼻の形が印象的な、なかなかの美人だった。中学のころ、美砂子がひそかにちょっとした同性愛的な憧《あこが》れを向けていた、バスケットボール部の先輩（名前は何ていったっけ……）に似ている。

今ごろあの先輩はどうしているだろう――と、そんな思いがふと心をよぎった。もう誰かと結婚して、子供も産んでいるかもしれない。子供には何ていう名前を付けたのかな。旦那《だんな》さんはどんな人なのかな……。

「痛みますか」

繰り返し訊《き》かれ、美砂子は呻き声とともにかすかな頷《うなず》きを返した。

……そうだ。彼女は富野《とみの》という名だった。富野。富野弥生《やよい》。「トミー先輩」とみんなは呼んでいた。彼女は今ごろ……ああ、違う。そんなことを考えている場合じゃない。

美砂子は看護婦の顔を見つめ、懸命に唇を動かした。

どうしてあたしはここにいるの。夫はどこ？　娘は？

尋ねたい問題は山ほどあったが、どうしてもうまく声が出ない。

「待っててください。すぐに先生を呼んできますから」

そう云う看護婦の背後、透明なカーテンの向こうの暗がりにそのとき、音もなく現われた黒い影。肩をいからせるようにして立った、それは背の高い男の影であった。

武史さんだろうか。あの人が来てくれたんだろうか。

看護婦の肩越しにその人影を認めて、美砂子は最初そう思った。しかしほんの数秒後、希望はものの見事に打ち砕かれることとなった。

「動いちゃだめですよ。いいですね」

云い置いて、看護婦がベッドから離れる。と同時に、カーテンの隙間から二本の太い腕が突き出され、踵《きびす》を返した彼女の喉《のど》を正面から掴んだ。

ひっ、と短い声が響いた。

看護婦は必死で手を振りほどこうとしたが、喉を掴んで首を絞めつける力は緩まない。カーテンを押し開き、男が入ってくる。どろどろに汚れた服を着ていた。看護婦の身体にさえぎられて、美砂子の位置からは顔が見えない。

男の腕にさらに力がこもる。両手で喉を掴んだまま、頭上へ突き上げるようにして肘《ひじ》を伸ばした。看護婦の身体がじりっ、と宙に浮いた。泳ぐように足をばたばたさせるが、男は手を離そうとしない。「ネックハンギング・ツリー」の名で知られるプロレスの技そのままの形である。

何が起こったのかを満足に理解できず、美砂子は呆然《ぼうぜん》とその様子を眺めていた。驚きよりもむしろ、入ってきた男が夫ではなかったことへの落胆のほうが強くあった。

あの人たちは何をしているんだろう。

美砂子はぼんやりと考える。

彼女はどうしてあんなに暴れているんだろう。あの男はいったい誰なんだろう。

看護婦を首吊《くびつ》り状態にしたまま、男はゆっくりと身体を横に向け、美砂子のほうへと首を捻《ひね》った。

赤黒く汚れた顔。冷たく鋭い光をたたえた二つの目。その、底知れぬ邪悪を秘めた眼光に射すくめられた刹那《せつな》――。

（ああっ！）

美砂子の心の中央に、白い光の球が浮かび上がった。光球は猛烈な勢いで膨張しはじめ、ほとんど瞬時にして心の隅々にまで広がった。

こちらを睨《にら》みつける男の顔に、醜く爛《ただ》れたあの男の顔が重なる。

（あああ……）

（……あの男）

光球が弾《はじ》けた。美砂子は獣のような悲鳴に喉を震わせていた。

（あたしは）

さまざまな場面が——色が、形が、音が、感情が、閃光《せんこう》となって飛び散る。

……峠道を走るスカイライン。ハンドルを握ったあの人。あたしの膝《ひざ》の上で寝息を立てていた莉絵。

長いトンネルを抜け、空模様の変化に驚き……急なカーヴを曲がったところで、ふらふらと道の真ん中を歩いていたあの男とぶつかって………

……指を嚙《か》み切られ、目玉をくりぬかれ、首を百八十度捩《ね》じられ、血の泡を噴き出してあの人は死んだ。そうだ。彼は死んだ。あの男に殺されたのだ。そして………

……莉絵！

莉絵ちゃん！　と、あたしは叫んだ。何度も何度も叫んだ。放してくれと頼んだ。膝を突いて懇願した。なのに、あの男は……。

情け容赦なくアスファルトに叩《たた》きつけられた莉絵。頭を踏み潰《つぶ》され、股《また》を引き裂かれ、ぐずぐずの肉の塊になり果ててしまった莉絵。あたしはあの男を轢《ひ》き殺してやろうと思って、車に乗り込んだ。それから——それからあたしは……。

フロントガラスにべったりと張り付いた肉団子のような顔。莉絵だ。あの子の顔だ。あの子の死体だ。あたしは、それを……。

喰《く》え、という、罅割《ひびわ》れた抑揚のない声が聞こえた。

（あたしたちは……）

喰え。喰え。――あの男の声だ。喰え。喰え。喰え。喰え。喰え。命じられるままに、
そうだ、あたしは……。

あ、い、た、い、し、は、食、べ、た、の、だ。

莉絵の肉を。

わが子の肉を。

(……食べた)

凄《すさ》まじい恐怖に押し上げられるようにして、胃液が喉を逆流してきた。

(食べたんだ)

(莉絵を)

(あの子を)

こうしてすべてを思い出した美砂子を待ち受けていたのは、記憶喪失によってかろうじて保たれてきた精神的均衡の崩壊であった。

耳の奥で、腐った血膿《ちうみ》が潰れるような音がした。真っ赤な汁が豪雨のように降り注ぎ、彼女の心の色を塗りかえていく。恐怖も絶望も、さらには肉体的な苦痛すらも、その単調な色の下に埋没してしまう。

「あ……あは、あはは……」

美砂子は力なく笑いはじめた。

3

徐々に抵抗の力を失っていった看護婦の身体を、殺人鬼は適当なところで投げ捨てた。もとより、そうあっさりと殺してしまうつもりはなかったからである。

もう一匹の獲物——ベッドに横たわった包帯だらけの女は、虚《うつ》ろな視線を宙に据えて調子の狂った笑い声を洩《も》らしている。逃げられる気遣いはなさそうだ。ならば、もう少しこちらで楽しませてもらおう。

大の字になって転がった看護婦の顔を見下ろす。白眼をむき、口の端から泡をこぼしている。が、まだ死に至ってはいないはずだった。

ベッドの向こう——部屋の隅に、白いワゴン台がある。その上に置かれた銀色の器具に目を留めて、殺人鬼はそちらへ足を向けた。

「あはは……あは、あははは……」

彼が近づいていっても、包帯の女はまるで怖がる様子もなく笑いつづけている。その狂態に冷ややかな一瞥《いちべつ》をくれながら、殺人鬼はベッドの脇を通り過ぎ、ワゴンの上から目的の品を取り上げた。

それは鋏《はさみ》であった。細長い刃の先は丸みを帯びているが、切れ味はなかなか鋭そうだ。

右手に鋏を握ると、看護婦のそばへ引き返す。短い失神から覚め、彼女はのろのろと上体を起こそうとしていた。

殺人鬼の姿を見て、看護婦は掠《かす》れた悲鳴を上げた。床に尻《しり》を落としたままカーテンのほうへあとじさった。

「い、いや」

涙混じりのかぼそい声が、薄闇を震わせる。

「何なの、あなた。わたしが何をしたっていうの。何の怨《うら》みがあって、こんな……」

怨みなど、ない。憎しみも、怒りすらも持ってはいない。

空っぽの〝心〟の中で轟々《ごうごう》と渦巻く邪悪なエネルギー。ただそれだけが、彼の行動の理由なのだ。

殺人鬼は激しく首を振る看護婦の髪を左手で捕まえ、引きずり起こした。

「離して」

喚《わめ》きながら、看護婦は両手を振りまわして殺人鬼の胸板を叩く。だが、彼はまったく動じない。摑《つか》んだ髪を引き絞るようにして、獲物の顔を持ち上げる。

「痛いっ。離して」

なおも喚き声を上げる看護婦の口に、殺人鬼は開いた鋏の刃を差し込んだ。すかさず、唇の端から右の頰にかけてを切る。

言葉が途切れ、ひぃひぃというむせぶような声に変わった。噴き出した血が、看護婦の顔を真っ赤に染める。失禁した。滴り落ちた尿が、二人の足もとを濡《ぬ》らす。

強引に鋏を進め、ほとんど耳のあたりまで頬を切り開いた。続いて、反対側の頬も同様にして切り開いてしまう。

肉と脂がこてこてに絡みついた鋏を抜き取ると、殺人鬼は、切り広げた口の中に両手の人差指から小指までを突っ込んだ。残った二本の親指を顎《あご》にかけて、力任せに肉を捲《めく》り落とす。下唇とその両側の頬の肉がべらりと反転し、血まみれの歯と歯茎がむきだしになった。

ふたたび鋏を差し込み、今度は上唇の中央を鼻に向かって切り開いた。そこからさらに鼻の孔《あな》へと刃を進める。

ぶちぶちと音を立てて鼻中隔が切断され、二つの鼻孔がひとつながりになった。おびただしい血が至るところから溢《あふ》れ、もはや原形をとどめぬ口腔《こうこう》の中へと流れ込む。

ここでいったん攻撃を中断し、殺人鬼は獲物の身体を突き放した。

喉《のど》に流れ込んでくる血に噎《む》せ返りながら、看護婦はつんのめるようにしてベッドの端に倒れかかった。ずたずたに切り裂かれた口もとに両手を当てて、捲れ落ちた下唇を懸命にもとに戻そうとする。

「た、す、け、て」

絞り出した声が、かろうじてそう聞き取れる程度の言葉を形作った。

「た、す、け……」

ベッドに横たわった包帯の女に向かって、彼女の声は発せられているようだった。白いシーツにぼたぼたと血を滴らせながら、女の顔のほうへ這《は》い進んでいく。

へらへらと笑いつづけていた女の視線が、這い寄《よ》ってくる看護婦の顔を捉《とら》えた。笑い声がやみ、虚《うつ》ろなその目にふと、異様な光が宿った。

4

「た、す、け、て」

ベッドに倒れかかり、こちらへ這い寄ってくる看護婦の顔を見て、美砂子はちょっと驚いた。だが、彼女の狂える心はすぐに、それが中学時代に憧《あこが》れていた例の先輩であると判断したのだった。

あれ、トミー先輩。どうしたんですか、そんな声を出して。しばらく会わないうちに、ずいぶん変な顔になっちゃったんですね。おかしいわ。

結婚はもうしたんですか。お子さんは？　男の子ですか、女の子ですか。お名前は？

うちの莉絵ちゃんとお友だちになってくれるかしら。

「た、す、け……」

助けて？　助けて、って？

ああ先輩、怪我をしてるんですね。だからそんなひどい顔なのね。可哀想に。傷だらけじゃないですか。せっかくの美人が台なしだわ。

切り裂かれた唇の間から犬のように舌を垂らし、看護婦は苦痛と恐怖に喘《あえ》ぐ。血に濡れた手でシーツを掴みながら、「だ、す、け、て」と途切れ途切れの言葉を繰り返す。それに応《こた》えて、美砂子は「うふふ」と低く笑った。

ああ、可哀想に。ほんとにひどい顔になっちゃって。でも——でもね、先輩、来てくれてちょうど良かった。あたしね、今とってもおなかが減ってるの。何か食べないと死んでしまいそう……。

看護婦に向かって、美砂子は布団の下から出した右手を差し延べた。痺《しび》れて思うように力が入らなかったけれど、それはこの空腹のせいだと思った。

ほら先輩、もっとそばに来てください。あたし、おなかが減っててうまく身体を動かせないの。だから、ね、こっちに来て。あたしのそばに来て……ね、食べさせて。食べさせて。食べさせて食べさせて。

伸ばした右手で看護婦の腕を掴んだ。ぐいと自分のほうへ引き寄せる。

何を怯《おび》えているの、先輩。大丈夫。いやらしいことはしないから。大丈夫よ。あたしがいま食べてあげるから。食べてあげますからね。莉絵ちゃんと同じように。そうなの。莉絵もね、あたしが食べてあげたのよ食べちゃったの。だから先輩の肉も食べられます食べられるわ食べたいわ。おなかが減ったの死にそうなの、ねえ早く食べさせてお願いよ早くお願いだから先輩の肉、食べたい食べたいわ食べさせてちょうだい……。

美砂子は頭を持ち上げ、口もとまで引き寄せた看護婦の腕――手首と肘《ひじ》の中間あたり――にむしゃぶりついた。

血しぶきを吐き散らして、看護婦は叫び声を上げた。腕を引き戻そうとするが、美砂子は口を離さない。文字どおり飢えた肉食獣となって顎に力を集め、ついにはひと塊の肉を喰《く》いちぎってしまった。

「ひっ……ひいっ……」

看護婦はしゃっくりのように喉を鳴らす。新たな血が噴き出した前腕部の傷口をもう片方の手で押さえながら、ベッドから離れようとする。

その前に、殺人鬼が立ちはだかった。

左手で獲物の額を掴み、否応《いやおう》なくベッドに押し倒した。そのまま額を押さえつけて頭を固定し、右手に握ったさっきの鋏を左の耳の孔に差し込む。

刃を閉じた状態で、ぐりぐりと捩《ね》じりながら鋏を押し込んでいった。鼓膜を破り、内耳を突き抜け……まもなく鋏の先端は獲物の大脳の中心にまで達した。

断末魔の声は「ぶしゅうぅ」という、ビーチボールから空気が抜けるような音であった。ひときわ激しい震えを最後に、獲物の身体は凍りついた。

枕もとに投げ出された看護婦の手を見て、美砂子の目が暗く光る。手首を掴んで口もとへ運ぶと、掌《てのひら》の柔らかな部分を選んでかじりついた。

「……うふっ」

肉を頰張った口の端から、くぐもった笑い声が洩《も》れる。

「ふふふ……うふふふふ……」

殺人鬼は事切れた獲物の耳孔《じこう》から鋏を引き抜き、右手に構え直した。

三方に大きく切り開かれた口の中へ、ふたたび鋏の刃を差し込む。そうして頰や顎の肉を、さらには喉や首の肉を、無造作な手つきで切り取っていくのだった。

ひとしきりその作業を続けたあと、殺人鬼はおもむろにもう一匹の獲物の顔へと視線を移した。

ベッドの上に並べた細切れの肉片を、ひと掴み取り上げる。そしてそれを、宙を見すえて低く笑いつづけている獲物の口に押し込んだ。

喰え。

そう命ずる声が、美砂子の頭の中で呪文《じゅもん》のように響いた。

喰え。

さあ、喰え。喰え。喰え。……

ねっとりとした感触が舌に絡みつく。さっきのよりも冷たい。歯を立てる。血と肉汁がじゅっと滲《にじ》み出す。

食べてるの、あたし。

ゆっくりと肉を嚙《か》む。味はよく分からなかった。目を閉じ、飲み込む。

食べてる。あたし食べてるのこんなにたくさん食べてる……。

大きな満足感に浸る一方で、なぜだろうか、涙が溢れてきて止まらなかった。悲しいはずなんてないのに。泣く必要なんてどこにもないのに。

血を滴らせた肉片がまた、口の中に押し込まれてくる。涙を流しつづけながら、美砂子はそれを嚙んだ。飲み込むよりも早く、新たな肉が押し込まれる。次から次へと、無理やり押し込まれてくる。

やがて肉は口腔いっぱいに溢れ返り、美砂子は喉を詰まらせた。思い出したようにそこで、凄《すさ》まじい吐き気と悪寒、そして全身に負った傷の痛みが、一緒くたになって彼女の神経に襲いかかった。

呼吸困難の苦しみに激しく身悶《みもだ》えする。肉を吐き出そうとしたが、殺人鬼の掌《てのひら》がしっかりと口を塞《ふさ》いでいて、それもままならない。いつしか包帯がずれおち、重度の火傷《やけど》を負った顔が露《あら》わになっていた。両手でベッドを叩《たた》き、身体を弓のように反り返らせながら、美砂子の意識は闇の底へと沈んでいく……。

動きを失った獲物の口から手を離すと、殺人鬼は血まみれの鋏《はさみ》をまた取り上げた。二枚の刃を大きく開き、仕上げだ、とでも云《い》うように、虚ろに見開かれた獲物の両眼に深々と突き刺す。

まだ完全に息絶えてはいなかったらしい。かすかに獲物の腕が震え、すぐに止まった。口の端から零《こぼ》れた赤い肉片が、焼け爛《ただ》れた頬を伝って枕の上に落ちた。

5

集中治療室に押し入った殺人鬼が新たな殺戮《さつりく》を行なう間ずっと、真実哉は〝目〟に映る出来事、〝耳〟に流れ込んでくる音……それらのすべてから意識をそらしつづけていた。心の目を閉じ、心の耳を塞いだような状態である。

そうでもしなければ——これ以上こんな惨《むご》たらしい殺人行為を直視しつづけていたら、自分まで気が変になってしまう。そう思ったからだった。

それでも、外界からの情報を完全に遮断してしまうことはできなかった。

襲われた者たちの叫び声や呻《うめ》き声が、恐怖に狂う表情やあたりを染める血しぶきが、きつく閉ざした心の中にまで断続的に飛び込んでくる。そのたびに真実哉は、あの邪悪な波動（殺す……）を、砂漠のような〝心〟の中央に巣喰っていたあの恐ろしい真っ黒な渦（殺す　殺す……）を思い出し、「どうしようもない」「どうしようもない」と絶望の呟《つぶや》きを繰り返すのだった。

どのくらいの時間が経過したのか分からない。嵐がやんだような静寂感に気づき、真実哉は恐る恐る心の目を開いた。

そのとき〝目〟に映っていたのは、ベッドの上に折り重なるようにして横たわった二つの死体であった。

一つは、顔中の肉を切り取られ、ところどころ骨までむきだしになった看護婦の死体。もう一つは、両目に鋏を突き刺された包帯だらけの患者の死体。

（ああ）

真実哉の意識は喘いだ。

（また二人も……）

殺人鬼はベッドから離れると、点々と血で汚れた透明なカーテンを開き、部屋の窓のほうへ足を進めた。

外では相変わらず、激しい雨が降りつづいている。雷鳴こそ聞こえないが、風も相当に強くなってきているようで、まさに春の嵐とでもいった様子であった。

殺人鬼は窓辺に立ち、ガラスの曇りを拭《ふ》いて外を見た。

闇の向こうにぼんやりと浮かんだ、二階建ての大きな家。〝目〟に映ったそれが啓一郎伯父の家であると分かって、

(だめだ!)

真実哉は思わず叫んだ。

(だめだ。あそこへ行っちゃだめだぞ)

その想いとは裏腹に、殺人鬼の〝目〟は病院の隣に建つその家の姿を捉《とら》えたまま、動かない。興味深げに凝視しつづけている。

やがて——。

しゅうっ、と蛇が敵を威嚇するときのような声を吐き出したかと思うと、殺人鬼は窓から離れた。先ほどまでよりもいくらか歩調を速め、部屋の出口に向かう。

行くつもりなんだ、と真実哉は直感した。次はあそこへ、伯父さんの家へ行くつもりなんだ。そして……。

(だめだっ!)

意識全体を震わせて叫んだ、そのとたん——。

唐突な落下感とともに、心が白銀の光の中に吸い込まれた。あっ、と思った次の瞬間には、真実哉の意識は511号室の前に残してきた自分の肉体へと戻っていた。

第6章　襲撃

1

　意識が、すとんと肉体に落ちる。

　遥《はる》かな空の高みから墜落してきたような感覚だった。これまでの〝発作〟では経験したことのない激しいショックを受け、真実哉はしばらくの間、半失神状態で身動きできずにいた。

　やがて、知覚が徐々に現実の輪郭を摑《つか》みはじめる。

（ここは……）

　薄暗い廊下。

（ぼくは……）

両足を投げ出し、壁に背をもたせかけて床に坐《すわ》っている。

のろり、と首を振り動かした。頭の中で、無数の銀色の塵《ちり》がゆっくりと舞っている。それに阻まれるような感じで、うまくものが考えられない。――身体が冷たい。喉《のど》がひどく渇いている。何だか、長い冬眠から覚めた冷血動物に自分がなってしまったような気分だった。

いつものことで、〝発作〟中の体験を明確な記憶として取り出すには、いくらかの時間が必要だった。心の中で渦巻く凄まじい恐怖、そして焦燥。けれども、それらの具体的な形はなかなか見えてこない。

思い出すんだ。早く思い出さなきゃ、と焦るうち――。

「ばんっ！」という声が、耳の奥で響いた。幼い日に聞いた父の声だ。思わず閉じた瞼《まぶた》の裏に、化物のように丸く膨れ上がった白い腹が浮かぶ。異様な音を立ててそれが破裂し、おびただしい血と肉片が飛び散り……。

「……ううう」

閉じた瞼を掌で押さえつけ、真実哉は低く呻いた。

「あれは……」

この世のものとは思えないような、恐ろしい血みどろの光景が、頭の中で舞いつづける銀色の塵の向こうに見え隠れしはじめる。とともに、強い吐き気が込み上げてきた。意識だけの状態のときには感じることのなかった、肉体的な感覚であった。

足が痺《しび》れていて立ち上がれなかった。真実哉は床に両手を突き、這《は》うようにして身を動かした。開けっ放しになっている病室のドアから、室内を覗《のぞ》き込む。

部屋中に立ち込めた異臭。ベッドの上には、血と臓腑《ぞうふ》にまみれた二つの死体が……。

「……ああ」

凄惨《せいさん》なその光景を改めて目の当たりにすることによってやっと、真実哉は事の経緯をはっきりと思い出したのだった。

「お父さん……」

ぼくは、そうだ、〝発作〟の中であいつの――殺人鬼の〝目〟になっていたんだ。あいつは看護婦さんを惨たらしいやり方で殺して、それから二階へ降りた。集中治療室に忍び込んで、そこにいた看護婦さんとあの女の人を……。

そのあと、窓辺に立った殺人鬼の〝目〟が捉えたもの。

「……大変だ」

降りしきる雨。二階建ての家の影。あいつはじっとそれを見つめ、そして……。

(お姉ちゃんが危ない!)

早く家へ戻らなければ、と思う一方でこのとき、真実哉は何か心に引っかかるものを感じていた。――何か妙なことが。どこかしっくりしないものが(……何だろう?)。けれどもその違和感を具体的な問題として取り出し、考えてみる余裕はなかった。
膝《ひざ》を立て、壁に手をかけ、真実哉はようやくの思いで立ち上がる。身体が完全に自由を取り戻すまでには、さらに少し時間を要した。

2

白河啓一郎が寝室に使っている部屋は、建物一階のいちばん奥まった位置にある。方角で云《い》うと、家の北西の角に当たる。

十二時過ぎには寝床に入ったのだが、思うように眠れなかった。四月上旬というこの季節にしてはいやに蒸し蒸しして寝苦しいうえ、一人で東京へ帰っていった彼女——聡美のことを考えると、ますます目は冴《さ》えてきた。

一緒に住んでほしい——と、啓一郎が彼女に申し出たのは一ヵ月前の話である。

籍の問題はあとまわしでいい。誠二郎の面倒はむろん、今後もずっと自分の病院で見るつもりだから。だから、この家に来てほしい。そうして愛香も真実哉も、みんなで一緒に暮らそう……。

彼女はひどく驚き、そして戸惑った。

「誠二郎さんと離婚して、お義兄《にい》さんと再婚しろと?」

そう云った彼女の声は、あからさまにではなかったが、怒りに震えていた。どうして急にそんなことを云いだすのか、いったいあなたはどんな神経をしているのか——と、その表情は語っていた。

当然だと思った。

誠二郎があんな状態になってしまってから、まだ半年余りしか経っていないのだ。回復の見込みはないと宣告され、たとえ頭ではそれを了解していたとしても、感情レベルでは「信じたくない」「信じられない」という気持ちがまだまだ強く残っているに違いない。植物状態であろうと何であろうと、一生この人を愛しつづけようという想いも、彼女のことだからきっと持っているだろう。そんなところへ、よりによって誠二郎の実の兄である自分が、離婚だの再婚だのといった話を持ちかけるなど……。

そのくらいは啓一郎とて、重々承知しているつもりだった。けれどもあのとき、どうしても云いださずにはいられなかった。ここで自分の立場をはっきり表明しておかねば、という焦りにも似た感情を抑えられなかった。

それはたぶん、半年前の事件以来、一貫して気丈な態度を取りつづける彼女の中に、今にもぽっきりと折れてしまいそうな危うさを感じてしまったからなのだと思う。放っておくと、何かの弾みで取り返しのつかないことになってしまいそうな、そんな危うさを。

すぐにとは云わない。半年後でも一年後でもいい。決心がつくまで、私のほうはいくらでも待つつもりでいるから……。

せいいっぱいの真摯《しんし》さで、啓一郎は自分の想いを伝えた。長い逡巡《しゅんじゅん》の末、聡美は「考えさせてください」と応えたが、その時点で初めに見せた怒りの色は消えていた。

いったい私は、彼女を一人の女として愛しているのだろうか。

いま改めて、そんな自問をしてみる。

本当に私は彼女を愛しているのか。愛しているからこそ、あのような申し出をしたのではなかったのか。

よく分からない、というのが啓一郎の偽らざる心情だった。

この女を抱きたいとか、自分のものにしたいとか、そういった生々しい欲望とは不思議に無縁な感情であるのは確かだ。では、単に保護欲をそそられているだけかというと、それともまた違うような……。

三年前に亡くした妻のことは、今でも愛している。たとえば彼女と聡美とを比べて、どちらをより愛しているのかと誰かに問われたならば、「意味のない質問だ」といささか声を荒らげて答えるに違いない。

結局のところ、私は私自身の寂しさゆえに、聡美やその子供たちを自分のそばに置きたがっているだけなのかもしれない。そのようにも思う。とすれば客観的に見て、ずいぶんと手前勝手なプロポーズもあったものだ。弱みに付け込んで十歳以上も年下の義妹《いもうと》に手を出した、などと他人にそしられても致し方ないだろう。

病室のベッドで眠りつづける弟の顔が、ふと心に浮かぶ。

仮にあいつがこの話を知ったとしたら、何と云うだろう。怒りはしないと思う。なじりもしないと思う。そう考えるのは、これもまた手前勝手な思い込みだろうか。

あれから一ヵ月が経った。きのうも彼女の口からは、明確な返事は聞けなかった。

「もう少し時間をくれますか」

と云って、彼女はそのあとに「ごめんなさい」と小声で付け加えた。

「ごめんなさい。お義兄《にい》さんのことが好きじゃないとか、気持ちを疑っているとか、そういう迷いじゃないんです。みんなで一緒に住もうって、そう云ってくださるのは本当に嬉《うれ》しく思っているんです」

「すぐに再婚しようというわけじゃないんだ。極端な話、関係はずっと義兄と義妹のままでもいい。私はただ……」

「分かってるつもりです。でも……だから、もうしばらく時間が欲しいんです。わたし自身の心の整理が、まだ。それから、愛香と真実哉がどう思うかを考えると……」

息子の和博には、ちらりとこの件は話してあった。彼は、誰に似たのか根っから楽天的な性格だ、「そいつはいいなあ」と云ってあっけらかんと笑っていた。愛香や真実哉にしてみればしかし、笑っては済ませられない大問題だろう。

無理に眠ろうとはせず、啓一郎は枕もとの電気スタンドを点《つ》けて読みかけの文庫本を開いた。

外の雨音が激しくなってきている。騒がしい、と感じるほどだった。きっとこの雨も、今夜の不眠の一因なのだろう。

こんなひどい雨の夜には決まって、子供のころ仲の良かったある友人のことを思い出すのだ。小学校四年生──今の真実哉と同じ学年だ──の、あれは夏休みの出来事だった。大きな台風が町を襲ったさい、その友人の家が土砂崩れに見舞われたのである。家は跡形もなく土砂の下に埋もれ、中にいた一家は全員、帰らぬ人となった。思えばあれが、啓一郎が初めて身近なものとして経験した〝死〟だった……。

午前二時を過ぎても、いっこうに眠くならなかった。きょうは午前中に一つ手術が入っている。寝ぼけまなこでメスを握るわけにはいかない。

仕方がない。薬に頼るか。

そう決めて、啓一郎は布団から身を起こした。箪笥《たんす》の抽斗《ひきだし》にしまってあった入眠剤を取り出し、水差しの水で一錠、飲んだ。俗に「ウルトラショート」と呼ばれる速効性の睡眠薬である。

布団に戻ると、本を閉じて枕もとの明りを落とした。──と、そこで啓一郎は、廊下を歩いてくる誰かの足音に気づいた。

「先生」

まもなく、軽く襖《ふすま》を叩《たた》く音とともに声が聞こえてきた。お手伝いの後藤満代だ。

「先生、起きていらっしゃいますか」

「どうぞ」

何だろう、こんな時間に。

不審を感じつつ、啓一郎は消したばかりのスタンドをふたたび点けた。襖が開き、白い寝間着姿の初老のお手伝いが顔を覗かせる。

「どうしたね、満代さん」

啓一郎は枕の上に肘《ひじ》を突き、満代のほうを見やった。彼女は襖に手をかけたまま、おずおずと頭を下げた。

「すみません。さっきまで明りが洩《も》れていましたので、まだ起きてらっしゃるかと」

「眠れなくてね。どうしたのかな、今ごろ」

「それが――」

満代はちらっと背後を振り返ってから、

「先ほどお手洗いに行って、そこで妙なものを」

「妙なもの？」

「誰かが庭にいるような」

「この雨の中を？　はて」

啓一郎は眉《まゆ》をひそめた。

「どういうことなのかな」

「はあ。つまりその、お手洗いの窓の外を、何か人影のようなものが通ったように見えたのです。そのあと、何ですか、ばたんと大きな物音が」

「ほう。何なのか確かめてみたのかね」

「いえ」

満代は小さくかぶりを振った。

「窓を開けて見てみようかとも思ったんですけれど、怖くてとても」

「そんな、怖がるほどのことでもなかろうに。おおかた物置の扉が風で開くかどうかしたんだろう」

「はあ」と頷《うなず》いたものの、満代は物恐ろしげにずんぐりとした肩を震わせ、

「でも先生、近くであんな事件があったばかりですから、やっぱり……」

「あんな事件？」

「朱城市で人殺しがあったという。三人殺して、犯人はまだ捕まっていないと」

「ああ、あれか」

啓一郎は、テレビのニュース番組で伝えられていた事件を思い出した。曾根崎荘介とい

う覚醒剤《かくせいざい》常用者が、路上で通りがかりの人間を次々に刃物で襲ったのち、逃走。警察の追跡を振りきり、町外れの山中で車を乗り捨てて行方をくらました——と、確かそんな報道だったが。

その凶悪犯がここまで逃げてきたのではないか、と満代は心配しているわけか。問題の車が発見されたのは、羽戸町との境界に当たる山中だ。そこからここまで、歩いてやってこられない距離では決してない。

「ふん」と低く唸《うな》って、啓一郎は立ち上がった。枕もとから眼鏡を取り上げてかけ、パジャマの上にガウンを羽織る。

「見にいこう。まさかとは思うがね。まあ、用心するに越したことはあるまい」

3

啓一郎は満代と一緒に玄関へ向かった。

長靴とこうもり傘を用意し、外へ出ようとしたところで、思わず「おや」と声を洩らした。扉に鍵《かぎ》が掛かっていなかったからである。

「満代さん」

啓一郎はお手伝いを振り返り、

「この鍵は？　あんたが外したのかね」

「はっ？」

満代は驚いたように目をしばたたき、それから大きくかぶりを振った。

「そんなはずは……。休む前に、戸締まりの確認はちゃんといたしました」

「じゃあ、何で外れているんだろうな」

長年の付き合いで、満代がそういった仕事の面で非常に信頼できる家政婦であることは分かっている。彼女が「戸締まりはした」と断言するのならば、それは間違いのない話だろう。

ところが今、実際問題としてこの扉には鍵が掛かっていない。すなわち満代が施錠の確認をしたあと、何者かがこれを外したわけだ。外から強引に抉《こ》じ開けられたような形跡は見られない。とすると……。

啓一郎は注意深く玄関の土間を見渡し、そしてすぐ、そこに並んでいるはずの靴がひと組なくなっているのに気づいた。

「真実哉君の靴が、ない」

「まあ……」

戸惑い顔のお手伝いに向かって、啓一郎は尋ねた。

「どこかに片づけてあるのかね」

「いえ。そんなことは」

真実哉が鍵を開けて、ここから外へ出ていったのか。だとすれば、先ほど満代が窓の外に見た人影というのは、彼だったのかもしれない。

しかし、なぜ？

こんなに遅く、こんなに強い雨の中を、何のために真実哉は外へ出たのだろう。

うろたえる満代を残し、啓一郎は玄関の外へ飛び出した。

雨は激しかった。風も存外にきつい。台風が来ていると云《い》われても納得してしまいそうなほどに、夜は騒然と震えていた。

いったい真実哉は何をしに出たのか。

傘を差して雨の中へ踏み出しながら、啓一郎は考える。

そう云えば、きのうはずっと様子がおかしかった。誠二郎の病室で例の〝発作〟を起こしたというが、そのせいだろうか。夕食のあと居間でテレビを見ていたときも、何やらいつものあの子とは違う感じだった。夕方に救急車で運ばれてきた患者のことをあれこれ尋ねたり、ミャオンに何か悪さをして引っ掻《か》かれたり……。

真実哉の〝持病〟とも云える例の〝発作〟の件を、聡美はやはりずいぶんと心配している。元気だったころの誠二郎にしてもそれは同じで、どうしたものだろうかと啓一郎も相談を受けていた。

いくつかの病院でいろいろと検査をしてみたが結局、原因は分からないのだという。少なくとも脳の機能的な障害でないのは確からしいから、おそらくは何か心因性のものなのだろう。少年期におけるヒステリーの一症状。そう見なしてしまえば、話は簡単だと云える。周囲の人々に同情されたいとか注目してほしいとかいった欲求が、たいていその背後には存在するわけだが、さて、単純にそう解釈してしまって良いものかどうか、啓一郎としてもいささか判断に迷うところであった。

〝発作〟の間、真実哉は自分の心が自分の身体を離れ、誰か他人の〝目〟になるのだと訴えているらしい。まわりの者たちは真面目に取り合っていないようだが、実を云うと啓一郎にとっては、何よりもその言葉が気懸かりなのだった。というのも……。

四十七歳の啓一郎と七つ年下の誠二郎との間には、かつてもう一人の兄弟姉妹《きょうだい》がいたのである。知恵子《ちえこ》という名の、啓一郎より二歳下の妹だった。

不幸にもこの妹は、満十歳の誕生日を前に心臓病で死んだ。このとき啓一郎は十二歳、誠二郎はまだ五歳になるかならないか。だから誠二郎のほうは、知恵子についてのあれこれをほとんど憶《おぼ》えていないらしい。ぼんやり顔を思い出せる程度だと云っていた。

ところで、この知恵子が生前、両親や兄に対してしきりに訴えていたことがある。眠っている間にしばしば妙な経験をする、と云うのだ。

「心がね、身体から離れちゃうの。そして、誰か他の人の〝目〟になっちゃうの」

と、彼女はそのような言葉でみずからの「経験」を語った。

夢を見ただけなんだろう、と啓一郎が云うと、そうではないと首を振る。では誰の〝目〟になって何を見ていたのか、と訊《き》いても、それは分からないと云う。

だから真実哉の話を聞いたとき、すぐに啓一郎は、亡き妹のその言葉を思い出したのだった。偶然にしては、あまりにも表現が似すぎているではないか。もっとも、知恵子の場合は〝発作〟と呼ばれるような病的なものではなかったし、覚醒《かくせい》中にそれが起こるといったこともなかったから、現在の真実哉の症状とは必ずしも同じではない。しかし、それにしても……。

知恵子と真実哉。二人のつながりに意味を与えるものが、もう一つある。それはむかし母の口から聞いた言葉だった。

「白河の家にはときたま、変わった〝力〟を持った子供が生まれるっていうから。もしかしたら、知恵子はそうなのかもしれないわねえ」

当の知恵子は幼くして病で死んだ。父も母も、誠二郎が結婚するころにはこの世を去っていた。従って、真実哉の件を知恵子や白河家の〝血〟の問題と結びつけて語れる者はもはやいないわけである。ただ一人、啓一郎自身を除いては。

真実哉の〝発作〟と知恵子の〝経験〟は同質のものなのか。それは母が云っていた〝力〟なのだろうか。何か超自然的な、あるいは超心理学的な。

この考えを誠二郎に話してみようかとも思ったが、結局は話さなかった。生真面目な解剖学の研究者である彼が、「医者の台詞《せりふ》とは思えないな」と云って相手にしないだろうことは目に見えていたから……。

玄関を出て右手へ。家の南側――手洗いの窓が面している側の庭へと向かう。

この庭の隅には、小さな物置小屋が建っている。相当に老朽化した建物だが、補修するのも取り壊すのも面倒なのでそのまま放ったらかしにしてある。

激しく横殴りに降りつける雨の中、何メートルか進んだ時点で、傘がほとんど役に立たないことを悟った。雨合羽《あまガッパ》でも着てくるんだった、と後悔する。前方に向けて盾のようにして傘を構え、足もとだけを見ながら水たまりだらけの芝生を歩いた。

ばたん、という物音が風雨の中に聞こえた。二、三秒の間をおいてまた、ばたんと同じ音が鳴る。

やっぱり物置小屋の扉が開いているのか、と思った。風に煽《あお》られ、ああやって音を立てているのだ。

強風で勝手に開いたのか。それとも真実哉が開けたのだろうか。何のために？　何か探し物でもあって？……

やがて小屋の前に辿《たど》り着いた。ガウンはもうずぶ濡《ぬ》れだった。啓一郎は開いていた扉から中へ飛び込むと、傘をたたむのももどかしく照明のスイッチを手探りした。

天井から吊《つ》り下がった裸電球に、弱々しい光が灯る。建物の内部を見まわしてみて、啓一郎は不審の念を新たにした。

狭い小屋の中に人の姿はなかった。が、誰かがここに侵入したのは確かと見える。埃《ほこり》の積もった板張りの床に、その証拠が残っていた。足跡である。

濡れた足で歩いた跡が、点々と床に付いているのだった。

入口から、奥の壁ぎわに造り付けられた棚の前あたりまで続き、そこからまた入口へと引き返している。何かを物色して戻ってきた、といった動きである。

啓一郎自身、この小屋には長らく足を踏み入れていないし、どこに何がしまってあるのかもよく憶えてはいなかった。べつに貴重なものが保管してあるわけではない。庭の手入れに使う道具だとか、日曜大工の工具だとか、その手の品物が適当に置いてあるだけなのだが。

啓一郎は身を屈《かが》め、入口付近の足跡を観察した。

真実哉の足跡だろうか。いや、それにしては——。

大きさが違う、と感じた。

水が周囲に跳ね散っていて、形ははっきりしない。だが少なくとも、これは子供の足の大きさではない。埃に滲《にじ》んで広がったぶんを差し引いて見積もったとしても、大人が、それもかなり大きな足の持ち主が歩いた跡だ。

啓一郎は身を屈めたまま、建物の奥へ向かう足跡を目で追った。跳ね散った水の量が徐々に減り、先へ行くに従って形が鮮明になっている。

奇妙な事実に気づいた。くっきりと残った足の指の形を、その中に見つけたのである。

つまり——。

この足跡の主は靴を履いていなかった、ということではないか。素足で付けられた足跡なのだ、これは。

啓一郎は思わず唸《うな》り声を洩《も》らした。

大きさの問題だけではないのだ。仮に自分の目分量が誤っていたとしても、また仮に真実哉が人並み外れて足の大きな子供だったとしても、素足の跡だというこの発見は、玄関から真実哉の靴がなくなっていた事実と矛盾する。

どうやら、満代の心配を杞憂《きゆう》だと云って済ますわけにはいかないようだ。真実哉ではない何者かが、今夜ここに侵入したことにまず間違いはない。もしかするとそれが、朱城市から逃走してきた例の殺人犯だという可能性もなくはない。

すぐに警察へ通報するべきかどうか考えながら、啓一郎は小屋を出た。

4

（お姉ちゃんが危ない！）

身体の自由が利くようになると、真実哉はしゃにむに廊下を駆けだした。

（お姉ちゃんが……）

早く何とかしなければ、お姉ちゃんだけじゃない、啓一郎伯父さんも和博さんも満代さんも、家にいる人間はみんなあいつに殺されてしまう。

まだまにあう――と、真実哉は懸命になって自分に云《い》い聞かせた。

あいつはまだ、伯父さんの家には向かっていないかもしれない。まだこの病院の中をうろうろしているところかもしれないのだ。だから……。

とにかく早く家に戻らないと。そして、みんなに逃げるよう云わないと。

ナースステーションが見えてくる。受付窓口の中の明りは消えており、代わりに、隣の仮眠室の半開きになったドアから光が洩れ出していた。先ほど殺人鬼が、看護婦の喜多山静子をいたぶり殺した現場である。

前を通り過ぎるとき、真実哉の目の端に室内の惨状がちらりと映った。ベッドにへばりついた死体、部屋中に飛び散った真っ赤な血……。

立ち止まってその様子を確認している余裕など、あるはずがなかった。真実哉はドアから目をそらし、階段に向かって走った。

三階から二階、そして一階へ。手すりに両手をかけ、ほとんど滑り落ちるようにして階段を駆け降りる。

途中、誰とも会うことはなかった。

たとえ見まわりの看護婦と出会ったとしても、真実哉には筋道を立てた説明などできなかった違いない。ほかの誰かに知らせようとか、警察を呼ぼうとかいう考えはついぞ浮かばなかった。とにかく家へ戻らなければ——と、その思いだけで頭がいっぱいだった。

ようやく玄関まで辿り着く。入口のガラス扉にべっとりと大きな赤い手形が付いているのを見つけて、真実哉は力なく喘《あえ》いだ。

(あいつの手の跡だ)

(血だらけの手で、このドアを開けたんだ)

遅かったのか。やはりもう、殺人鬼はここを出て隣の家に向かっていたのか。

悲痛な声を上げ、真実哉は扉を押し開けて外へ飛び出した。

「お姉ちゃん!」

風雨は、やってきたときよりもさらに激しくなっていた。強風が正面から吹きつける。大粒の雨が弾丸のように顔を打つ。

「お姉ちゃん!」

叫びながら、頭を低くして走る。ここまで全力で駆けてきて、膝《ひざ》がもうがくがくしていた。限界近くまで跳ね上がった心臓の鼓動。息が苦しい。喉《のど》が焼けつくように痛い。

病院の門から道路に出る手前で、ぬかるみに足を取られてしまった。

下手くそなヘッドスライディングのように、真実哉は泥の上に突っ伏した。したたかに胸や肘《ひじ》や膝、そして顎《あご》を打ち、呼吸ができなくなった。

息を吸おうと開いた口に泥水が流れ込んできて、激しく噎《む》せ返る。苦痛をこらえ、どうにかこうにか腕を立てた。起き上がろうとするが、それ以上は力が入らない。

（……だめだ）

地面に突いた両手がずるずると滑り、真実哉は泥の海に崩れ落ちた。絶望が、巨大な波となって押し寄せてくる。

（もう、だめだ）

波の中に立ち現われる、血にまみれた殺人鬼の影。あいつは今ごろ……。

だめだ――と、心の中で繰り返した。

今からぼくが駆けつけてみたって、どうしようもない。あいつを止めるなんて、できるはずがないじゃないか。こんなちっぽけな身体で、あんな怪物を止めるなんて、どう頑張ったってできるはずが……。

転んださいに打った身体のあちこちが、にわかにひどく痛みはじめる。その痛みが全身から力を吸い取っていく。溢《あふ》れ出た涙が、降り注ぐ雨に溶ける。

（どうしようもないよ、ぼくには）

そうだ、真実哉——と、相槌《あいづち》を打つ誰かの声が聞こえる。

おまえにはどうしようもないんだ。諦《あきら》めて、このままじっとここに倒れているがいい。

起き上がる力が残っているのなら、さっさと尻尾《しっぽ》を巻いて逃げ出してしまえ。おまえだけが助かれば、それで充分だろう。そうだろう、真実哉。

（ああ、これは）

冷たい泥水に頬を浸し、真実哉はきつく目を閉じた。

（ぼくの中に棲《す》む、悪魔の声だ）

（悪魔の……）

しっかりしろ！　と、今度は別の声が叱りつける。

しっかりするんだ。諦めるんじゃない。お姉ちゃんを助けるんだ。

（……お父さん）

己の内なる声にこのとき、真実哉は父の声を重ねて聞いていた。

しっかりしろ、真実哉。

まだ諦めちゃいけない。

頑張るんだ、真実哉。

（お父さん……）

真実哉はゆっくりと目を開き、投げ出した両手に力を集めた。冷たい泥を握りしめる。

ふたたび腕を立てようとするが、痛みのため力は長続きしなかった。すぐにまた、がっくりと倒れ伏してしまう。舌に絡みつく血の味に、そのとき気づいた。

(だめだよ、お父さん)

真実哉は倒れたまま首を振った。

(起きられないよ。もう走れないよ)

こうしている間にも、殺人鬼の魔手は刻一刻と愛香たちの身に迫りつつあるのだ。そう考えると、自分自身が情けなくて仕方なかった。

ぼくとお姉ちゃんの間にテレパシーがあれば――と、真実哉は切実に願った。

去年の夏、病院で会ったあの人――茜由美子――とあの人のお姉さんのように、ぼくとお姉ちゃんの心が通じ合っていれば。そうすれば、今ここからぼくの心を飛ばして、お姉ちゃんに「逃げて」と伝えられるのに。

――わたしたちはね、心の形が同じなの。

そう。あのとき彼女は、由美子はそんなふうに云っていた。

――心の形が同じだから、お互いの心の声が聞こえるのよ。

心の形が同じ。

それはどういう……? と考えたところで真実哉は、先ほどの〝発作〟のさい、殺人鬼の〝心〟に潜って見つけたあの真っ黒な渦のことを思い出した。あの渦から放射されてい

た、あの

殺す　殺す　殺す　殺す……

恐ろしくも邪悪な波動。――と、それに共鳴するかのように、

……ころす

真実哉自身の心の内側から、同じ形の波動が湧き出してきた。

ころす　ころす……

やっぱりまだいるんだ、と思った。

ぼくの中にも、まだあれがいる。あいつの〝心〟の中心にあったあの巨大な渦に比べれば、ほんの小さな砂粒くらいのかけらにすぎないけれど、確かにまだ、あれはここにいるんだ。とすると――。

お姉ちゃんの中にも、まだ？

ぼくの首を絞めた、あのときのお姉ちゃんを操っていたものは、きっとぼくの中にいるのと同じこのかけら（ころす）だ。それが今なお、お姉ちゃんの中にも残っていたとしたら……。

――心の形が同じだから、お互いの心の声が聞こえるのよ。

さっきの〝発作〟でぼくの心があいつの〝目〟になってしまったのは、たぶんぼくの中にあるこのかけらがあの真っ黒な渦と響き合い、引き寄せられたからなんだろうと思う。

だとすれば、同じ形のかけらを持ったお姉ちゃんの心に向かって今、ぼくの心を飛ばすことだってできるんじゃないか。心の形が同じであれば、お互いの心の声が聞こえるはず。だったら、もしかしたら……。

(お姉ちゃん!)

祈るような気持ちで、真実哉は姉の心に向かって思念を送った。

(お姉ちゃん、逃げて)

(危ないんだ。早く逃げて。早く……)

5

風雨の激しさは衰えを知らない。

物置小屋から家の玄関まで引き返す間に、啓一郎は幾度か傘を吹き飛ばされそうになった。小屋の周囲や庭のほかの部分を見まわってみようかとも思ったのだが、とてもそんなことをしていられる状況ではない。あまつさえ、先ほど飲んだ睡眠薬のせいで身体がふらふらしてきた。眠気は我慢できるが、どうしても足がふらついてしまう。

逃げ込むようにして玄関の中に入った。ガウンの裾《すそ》からぼたぼたと滴が垂れ、土間を濡《ぬ》らす。

玄関ホールには満代の姿はなかった。はて、どこへ行ったのだろうか。

傘をたたむと、その場でガウンを脱いだ。下のパジャマも濡れてしまっている。身体もすっかり冷えていた。

「満代さん」

早くタオルと着替えが欲しかった。お手伝いの名を呼んだが、返事はない。

「満代さん？」

二階の寝室に真実哉がいるかどうか、見にいったのかもしれない。

真実哉がいてもいなくても、とにかくやはり警察には連絡しよう。そう考えながら長靴を脱ごうとしたところで――。

「んっ？」

啓一郎は異状に気づいた。

「こいつは……」

床がひどく濡れている。濡れているだけではない、黒く汚れてもいる。泥で汚れているのだ。誰かが泥まみれの足で上がり込んだような跡、である。

さっき自分が出ていったあとで、入れ違いに何者かが外から入ってきた？　そういうことなのか。

真実哉が帰ってきたのだろうか。土間を見渡すが、真実哉の靴は戻っていなかった。あの子が土足で家に上がり込んだはずはない。とすると——。

物置小屋の床に残っていた足跡。あの足跡の主が？

啓一郎は何度か大きく頭を振って、まとわりついてくる眠気を払った。いったん傘立てに入れた傘をまた引っぱり出して、武器代わりに右手に持つ。長靴を脱ぎ、床の汚れを踏まないようにして土間から上がった。

何者かの足跡は、玄関ホールから奥の廊下に向かって続いている。物置小屋にあったのと同じような裸足《はだし》の跡なのかどうかは、その形からは判別できなかった。

ホールと廊下を仕切る中扉は今、三分の一ほど開いた状態になっていた。廊下の明りは消えている。先ほど満代と一緒に通ったときは確か、点《つ》いていたはずだが。

「満代さん」

もう一度、呼びかけてみた。だが、廊下の闇からは沈黙しか返ってこない。

傘を握った手に脂汗が滲《にじ》んだ。眼鏡をかけなおし、扉の向こうの暗がりを見すえる。足を踏み出すと、肩が大きく左右に振られた。——薬のせいか。

二歩、三歩と進んだところで足を止め、気配を探った。

沈黙を続ける前方の闇。外では激しく吹き荒れる風雨。——湿った空気が異様な緊張感で張りつめる。

濡れた髪から落ちた水滴が背筋を伝った。ちりちりと痛みのような感覚が、全身の皮膚に走る。

不意に込み上げてきた強い怯《おび》えを振り払い、啓一郎は歩を進めた。右手の傘をぐいと握り直し、左手を扉に伸ばす。

ごとっ
と、そのとき物音が響いた。誰かが壁に身体をぶつけたような音だった。続いて、
ぱた、ぱた……

と、これはテンポの鈍い足音。

伸ばした左手をはっと引っ込め、啓一郎は退いた。中扉に嵌《は》め込まれた模様ガラスの向こうに、白い影の揺れるのが見えた。

満代か。それとも……。

かすかな軋《きし》みを発して扉が手前に開く。そうして廊下の暗がりから現われたのは、白い寝間着姿の家政婦であった。

「ああ……満代さん」

安堵《あんど》の声を洩《も》らしたのも束の間、すぐに啓一郎は、彼女の様子が普通ではないことを見て取った。

まっすぐにこちらを向いた目は、眦《まなじり》が裂けそうなくらい大きく見開かれている。顔色は蒼白《そうはく》で、なおかつ皺《しわ》の数が倍にもなるほどに表情が歪《ゆが》んでいた。

ドアにもたれかかるような恰好《かっこう》で、満代はよろりと一歩、進み出る。今にもその場にくずおれてしまいそうな、力のない動きである。

「……先生」

色を失った唇が、わななくように動いた。見開かれた目の光は、いっさいの感情や思考力を失ってしまったかのように虚《うつ》ろだった。

「せんせ……」

そこで声を途切れさせ、ふと気づいたように視線を下へ向ける。彼女は両手を腹部に押し当てていた。その痩《や》せた手と寝間着を染めた赤い色に、このときになって啓一郎も気がついた。

「あ……」

満代の視線が凍りつき、表情がさらに歪んだ。

「わ、うわあああ……」

片手を腹から離し、顔に近づける。真っ赤に濡れた掌《てのひら》を凝視する。それからふたたび啓一郎のほうを見て、「先生」と助けを乞《こ》うように呻《うめ》いた。口の端から、たらりと血の糸が垂れる。

啓一郎は呆然《ぼうぜん》と立ちすくんだ。

満代はもう片方の手も腹から離し、幽霊のように両腕を前へ突き出した。足を踏み出そうとしたが、そこでがくんと膝《ひざ》を折る。

血の滴る音が聞こえた。寝間着を染めた赤い色が見る見る広がっていく。破れた布地の間から、ぬらぬらとした赤黒いものが、いやな音を立てて零《こぼ》れ出してきた。

「ひいっ……」

満代は弱々しく喘《あえ》いだ。

「……腸が。わたしの腸が」

必死の形相で、腹腔《ふくこう》から飛び出した内臓を中へ押し戻そうとする。しかしその努力は、腹部にかかる圧力をいっそう高める結果にしかならなかった。押さえつける掌から溢《あふ》れ返るようにして、さらに多くのはらわたが外へ飛び出してくる。

「あああ……戻らない。戻らない」

「だめだ。動くんじゃない」

傘を放り出して、啓一郎はお手伝いのもとに駆け寄った。

「腸が……ああ先生、わたし……わたしの、わたしの……」

「喋《しゃべ》らないで。横になって」

どうしてこんなことに？　何が彼女の身に起こったというのだ？

考えるまでもなかった。答えはあまりにも明白であった。

満代は何者かに襲われたのだ。自分と入れ違いに玄関から押し入ってきた何者か——この足跡の主に。

驚いて彼女は家の奥へ逃げた。とっさに廊下の明りを消して、どこかに隠れようとしたのかもしれない。だが、その甲斐《かい》もなく侵入者に捕まってしまい、助けを呼ぶまもなく刃物で腹を切り裂かれ……。

これも薬のせいだろうか、ひどく回転が鈍ってきた頭でやっと、そこまで筋道を追う。血だらけの手でしがみついてくる満代の肩を抱きながら、そうして啓一郎は今さらのように、みずからの身にも同じ危険が迫りつつある現実を悟ったのだった。

いかん、と思った、その刹那《せつな》――。

廊下の闇の中から、恐ろしい勢いで何かが飛び出してきた。

鋭く激しく空気を切る音。それが何なのか、相手が誰なのかを認識するいとまもなく、ずしん、と右の肩口に重い衝撃を受けた。

啓一郎は斜め後ろへ吹っ飛んだ。受け身を取ることもできず後頭部を床で強打し、一瞬気が遠くなった。

幸いにも、眼鏡は弾《はじ》き飛ばされずに済んだ。焦点が戻った視野の隅に、今さっき自分が放り出した傘が映った。取り上げようと右手を伸ばした。――と、そこへ。

狙い澄ましたように、凶器が打ち下ろされてきた。

「うわっ」と叫んで手を引っ込めようとしたときにはもう、血に染まったその凶器は啓一郎の腕を捉《とら》えていた。

凶器の正体は、斧《おの》であった。物置小屋の棚にしまってあったものだ。そして云《い》うまでもなく——啓一郎には知るよしもなかったが——、その斧を振るって襲いかかってきた相手の正体は、隣の病院ですでに五人もの人間を血祭りに上げた彼——殺人鬼であった。

斧の刃は、ちょうど肘《ひじ》の関節部に深々と喰《く》い込み、一撃で骨を断ち切った。

啓一郎にしてみればそれは、あまりにも唐突な、まったく信じられないような光景だった。傘を摑《つか》んだ自分の右手が、激しい衝撃を感じたその瞬間に、血煙を上げて自分の身体から離れていってしまったのだから。

引き戻した腕には、肘から先が存在しなかった。切断面から噴き出す鮮血が眼鏡のレンズにかかり、視界を赤く染め変えた。

左手で傷口を押さえ、ごろりと俯《うつぶ》せになった。あまりの激痛に意識が朦朧《もうろう》としてくる。膝を立てようとしたが、どうしても力が入らない。

「あああああああ……」

満代の狂おしい呻き声が聞こえる。

「あああ……腸が、腸が……助けて。痛い。痛い痛い。あああ、助けて……」

もはや彼女を助けるどころではなかった。

このままでは自分も殺されてしまう。抵抗らしい抵抗もできぬまま。相手が何者なのかも分からぬまま。

和博！　と、二階の寝室で眠っている息子の名を叫ぼうとした。

するとそのとき――。

今度は左の足を、凄《すさ》まじい衝撃と痛みが襲った。膝の裏側――ひかがみの部分である。

続けざまに二度、三度と、同じところをめがけて凶器が打ち下ろされる。

「やめろっ」

啓一郎は喉《のど》を震わせた。爪先《つまさき》で床を蹴《け》り、必死でその場から逃れようとする。

「やめてくれ……」

攻撃が止まった。しかしそれは、啓一郎の声に応《こた》えてのことではなかった。

倍加した痛みに喘ぎながら上体を捻《ひね》り、後ろを見た。おびただしい血糊《ちのり》の中、切断された左足の膝から先が、あらぬ方向を向いて転がっていた。

殺人鬼は、顔中に浴びた獲物の血を手の甲で拭《ぬぐ》ってから、綽然《しゃくぜん》と斧を構え直した。獲物は苦痛と恐怖に引きつった表情で、切り離された己の左足を見つめている。

抵抗の暇を与えず、殺人鬼は斧を振り上げた。次なる狙いは、残った右足であった。

「やめてくれ。やめてくれぇ」

もつれる舌で喚《わめ》きながら、獲物は右足の先でやみくもに血だまりを蹴る。

このうえまだ、逃げようとするのか。

暗く冷ややかな光を双眸《そうぼう》に宿しつつ、殺人鬼は一抹の容赦もなく斧を振り下ろした。

相手が動くので、狙いが少し外れた。膝の関節よりもいくらか下——臑《すね》の真ん中あたりに刃は喰い込み、悲鳴とともに新たな鮮血がほとばしった。

すかさずもう一度、同じ部分を狙って思いきり斧を打ち下ろす。これによって、二本めの足も完全に切断されてしまった。

さて——とばかりに殺人鬼は、気を失うこともできずに身をよじりつづける獲物の背中を、片方の足で踏みつけた。そうして唯一、無事なままでいる左腕を摑み、無理やり床の上に伸ばさせる。もう片方の足で手の甲を踏んで動かせないようにしておいて、伸びきった肘めがけて斧を打ち込んだ。

一撃で、腕は切断された。

背中を踏みつけていた足を上げる。両腕と両足、四つの切断面から四方へ血を撒《ま》き散らしながら、獲物は赤い床の上で芋虫のようにのたうちまわる。

これでもう、逃げようとはするまい。

殺人鬼はひとまずその獲物から離れ、後ろを振り向いた。血走った目が、先に襲ったお手伝いの姿を捉える。

後藤満代は床に坐《すわ》り込んでいた。壁に後頭部をもたせかけて虚《うつ》ろに宙を見すえ、ぴくりとも動かない。大きく割れた腹から溢れ出た赤黒い腸管だけが、両手に絡みつくようにしてもぞもぞと蠢《うごめ》いている。

「ああ……あああ……」

途切れ途切れの弱々しい呻き声。唇は動かさず、喉だけを震わせていた。

このまま放っておいても、ほどなく彼女が死に至るのは明らかであったが。

殺人鬼は斧を構えながら、瀕死《ひんし》の獲物の前へと歩を進めた。せっかくこのような凶器を手に入れたのだ、最後の仕上げをせぬわけにはいかない――とでも云うように。

喉もとに狙いを定め、水平に斧を振った。

おそらくは満代自身、今度は何が己の身に起こったのかを知るいとまもなかったに違いない。ほぼ一瞬にして肉と骨を断ち切られ、彼女の頭部は胴体から転がり落ちた。天井にまで届く血の噴水が、あたり一面をよりいっそう禍々《まがまが》しい色に染める。

一方――。

四肢を切断されてしまった啓一郎は、それでもまだ意識を失うことができずにいた。いつ発狂につながってもおかしくないような激しい苦痛の中、理性ではなく、どこまでも生にすがりつこうとする原始的な本能が、「逃げろ」と彼に命じるのだった。

逃げろ。早く逃げろ……。

両肘《りょうひじ》の切断面を床に押しつけるようにして、どうにかこうにか上体を起こした。同様に左膝《ひだりひざ》の切断面と右膝で腰を持ち上げて、四つん這《ば》いの姿勢になる。傷口がこすれる痛みは尋常なものではなかったが、歯を喰いしばってこらえ、土間のほうへ向かってのろのろと這い進んでいく。

しかしよもや、そんな努力が報われようはずもなかった。

殺人鬼は切り落としたばかりの獲物の頭部を拾い上げ、這い進むもう一匹の獲物めがけて無造作に投げつけた。頭部は背中に命中した。その衝撃で、いとも呆気《あつけ》なく体勢が崩れてしまう。

べたりと床に頰をつけ、啓一郎はかぼそく呻《うめ》いた。眼鏡が大きくずれてしまっていたが、直そうにも直す手が存在しない。

ぼやけた視界の中に、見憶《みおぼ》えのある顔が転がり込んできた。後藤満代の顔だ。ああ満代さん……と思ったところで、それが切断されたばかりの生首だと分かった。

啓一郎は声にならぬ悲鳴を上げ、身を横転させた。こうして仰向《あおむ》けになった彼の上に、悠然と歩み寄ってきた殺人鬼の影が覆い被《かぶ》さる。

殺人鬼はおもむろに斧を振り上げた。

啓一郎はかっと目を見開き、その動きを捉えた。「逃げろっ」と心が叫んだが、身をよじる力さえもう残ってはいなかった。

血みどろの斧の刃が、喉の上に落ちてくる。満代と同じように首が切断されてしまう、まさにその寸前――。

啓一郎の目は、今しも自分を死の淵《ふち》に突き落とそうとしている相手の顔を、そのとき初めてはっきりと捉えたのである。

（何？）

激烈な恐怖の直中《ただなか》での、とてつもない驚愕《きょうがく》。――それが彼の最後の意識であった。

（いったい何で、こんな……）

凄まじい血しぶきとともに、頭部が胴体から切り離された。

ころころと床を転がって土間に落ちる生首。死してなお、白河外科病院院長のその顔には激しい驚愕の表情が刻みついたままだった。

第7章　感応

1

どこかで誰かの声が聞こえたような気がした。どこか遠くから、繰り返し自分を呼ぶ声が。

（……お姉ちゃん）

（……お姉ちゃん）

それに引かれるようにして、愛香の意識は深い眠りの底から浮上した。

すぐに目覚めはしなかった。しばらく不安定に眠りの浅瀬を漂いながら、今のは何だろう、と考えるともなしに考えていた。

誰かがわたしを呼んだ。確か、そう、「お姉ちゃん」と呼んだ。お姉ちゃん……ということは、声の主は真実哉だろうか。

あの子がどうして？　ここはどこ？　今は何時？

ゆるりと目を開く。視界は闇だった。

明りの消えた部屋の中にいる。暖かい布団が胸に掛かっている。仰向けに寝ている。

——ああ、そうだ。ここは啓一郎伯父さんの家だ。二階の端にある和室。真実哉は隣の部屋に……。

「真実哉？」

小さく声を出した。

「真実哉、いるの？」

返事はない。激しい雨と風の音だけが聞こえる。

闇に目が慣れてくる。周囲に視線を巡らせたが、人の姿は見当たらなかった。気配もしない。

夢か、と思ってまた目を閉じた。

真実哉が出てくる夢を見たのだろうか。けれども記憶には、「声が聞こえた」という感覚しか残っていない。映像的なものは何一つとして「見た」憶えがないのだが、それでも「夢を見た」と云《い》うのだろうか。

今夜、寝る前に話をしたときの真実哉の顔が心に浮かぶ。

お母さんが伯父さんと結婚するかもしれない。そう愛香が云ったときに見せた、あのきょとんとした表情。何でそんなことが？　と、心底から不思議がっているようだった。

そしてそのあと、「ぼくがお父さんを治すの」と云ったときのあの表情。あんなに毅然《きぜん》とした真実哉の顔を見たのは、初めてだった。

頼りのない、弱虫の弟だと思っていた。どちらかと云うと内向的で、あのとおり身体もあまり強くない。おまえも剣道をやらないかと父がいくら勧めても、うんとは云わなかった。最近はそうでもなくなったけれど、友だちにいじめられて泣いて帰ってくることもよくあった。

なのに、あのときの真実哉ときたら。

——ぼくが治すんだよ。

そう云って、まっすぐにこちらを見すえたあの子の目には、とても自分には真似のできないような強さがあった。無知とか無邪気とかいった言葉では済ませられない、確かな強さが。

そんなことは不可能なの、お父さんはどんなにしたって治らないの——と、どうしてあそこで云えただろう。

眠りに戻ろうと努めたが、いったん始まった物思いは止まってくれなかった。

あのとき——と、愛香は時間をさかのぼる。真実哉に母と伯父の件を話す前の、あのとき……。

何だってわたしは、あんな真似をしたんだろうか。あんな……弟の首を絞めるような真似を。

二階へ上がり、和博と「おやすみ」を交わしてこの寝室に入った。パジャマに着替え、目覚まし時計をセットして布団に潜り込んだ。そのあたりまではハッキリと憶えているのである。ところが、そのあと……。

苦しそうな真実哉の声で、愛香はふとわれに返ったのだった。

あのとき確かに、わたしはあの子の上に馬乗りになって、あの子の喉《のど》に両手をかけていた。まさに悪夢から覚めたような心地だった。なぜ自分がそこにいるのか、そうしてそんな恐ろしい真似をしていたのか、まるで分からなかった。

いったいあれは何だったのだろう。

まるで、そうだ、他人に心を乗っ取られ、知らないうちに操られていたような……。

いま改めて、あのときの自分の状態を思い出そうとする。——と、不意に。

ころす

何かしら異様な脈動を、心の内側に感じた。

ころす　ころす

(何？)

愛香はぎくっと目を開いた。

(何なの、これ)

わ、わ、わたしじゃない。わたしではない何か――誰かの意志。底知れぬ邪悪に満ちた、人のものとは思えないような……これは？

ころす　ころす　ころす　ころす……

脈動の隙間からそのとき、煙が湧き出すようにして

(……お姉ちゃん)

聞こえてきた〝声〟があった。

(お姉ちゃん、逃げて)

「真実哉……」

愛香は驚いて身を起こし、周囲を見まわした。

「真実哉なの？」

部屋には誰もいない。なのに〝声〟は、

(危ないんだ)

確かに聞こえてくる。幻聴？　――いや、違う。鼓膜ではなく、この〝声〟は直接、わたしの心を震わせているのだ。

(早く逃げて。早く……)

わたしはどうしてしまったんだろう。いったい何が起こっているんだろう。

狼狽《ろうばい》する愛香の心の中で、

　　　　　　　　　　　　　　　　　　（……あいつが来る）

〝声〟は懸命に訴える。

ああ、間違いない。これはあの子の、真実哉の……。

　　　　　　　　　　　　　　　　（殺人鬼が、そっちへ……）

　　　　　　　　　　　　　　　　　　　（だから逃げて）

　　　　　　　　　　　　　　　（でないと殺されちゃうよ）

「殺人鬼？」

愛香は思わず呟《つぶや》いた。

「殺されちゃうって、そんな」

　　　　　　　　　　　　　　　　　　　　（お姉ちゃん！）

〝声〟が叫んだ。

　　　　　　　　　　　　　　　　　　　　（聞こえるの？）

「えっ」

　　　　　　　　　　　　　　（聞こえるんだね、お姉ちゃん）

　　　　　　　　　　　　　　　　　　　　　（ぼくの声が）

自分は今、何かとんでもないことを経験しつつある。そんな確信に近い思いを、ようやく愛香は抱きはじめた。

（ぼくの言葉が）

「これは何なの、真実哉」

姿の見えない弟に向かって、愛香は問いかけた。

「何で、こんな……」

（……ああ、聞こえるよ）

（お姉ちゃんの声）

（通じたんだね）

（心が）

「真実哉……」

（逃げて、お姉ちゃん）

「そんなこと云ったって」

（お願いだから）

（一生のお願いだから）

（ぼくの云うことを聞いて）

〝声〟は緊迫した調子で、まくしたてるように言葉をつなげた。

（すぐにみんなを起こして）

（そこから逃げて）

（今すぐに）

（危ないんだ）

（あいつが、来る）

（病院でいっぱい、人を殺した）

（あいつが）

（お父さんも殺したんだ）

（だから、逃げて）

（早く）

（早く逃げて……）

「真実哉！」

愛香は立ち上がり、部屋の明りを点《つ》けた。瞬く白い光に一瞬、くらりと目が眩《くら》む。

「どういうことなの、真実哉」

その質問に対する答えは、しかし返ってはこなかった。闇が光に払われるとともに、〝声〟は彼女の心の中から消え去ってしまったのである。

2

今のは現実の出来事だったのか。それとも夢、幻覚のたぐいだったのか。

半信半疑のまま、愛香は部屋から出た。

暗い廊下をそろそろと歩き、真実哉が寝ているはずの隣室へ向かう。戸の隙間から明りが洩《も》れていた。何だ起きてるんじゃないの、と短絡的に考えたのも束の間、部屋に入ってみて、そこがもぬけの殻であることを知った。

乱れた布団の上にパジャマが脱ぎ散らかしてある。たたんで置いてあったトレーナーとジーンズがなくなっていた。着替えて、この部屋を出ていったのだ。

「真実哉」

愛香は途方に暮れてその場に佇《たたず》んだ。——ところが。

途切れなく鳴り続いている風雨の音の狭間《はざま》に突然、妙な物音が聞こえた。

どん、という鈍い音だった。この広い家のどこか、おそらくは一階のどこかで何か、重いものが倒れたような。

びくっと身をこわばらせた。息を止め、耳を澄ます。

少しの間をおいて、今度はさっきとはまた質感の異なる物音が響いた。同時に何か——

これは気のせいかもしれないと思ったが――、人が叫ぶような声も。

早く逃げて、と懸命に訴えていた先ほどの〝声〟が心に蘇《よみがえ》る。

あいつが来る、と云《い》っていた。殺人鬼が来る、と。逃げないと殺されてしまう、と。

「まさか……」

そう呟きながらも、愛香は急いで廊下に飛び出し、そのまま小走りに和博の部屋へと向かった。

和博は枕もとのスタンドを点けたまま、安らかな寝息を立てていた。ベッドの横にページを開いた文庫本が落ちている。これを読んでいるうちに眠り込んでしまったと見える。

「和博さん」

ノックもせずに部屋に飛び込むと、愛香はためらうことなく彼の肩を揺すった。

「和博さん、起きて。和博さん」

「――んん？」

揺り起こされた和博は、ぽかんとした目で従妹《いとこ》の顔を見上げた。

「やっ。何だい、愛香ちゃん。もう朝かい」

寝ぼけ声で云って、大きなあくびをする。

「真実哉が部屋にいないの」

焦る気持ちを抑えつつ、愛香は事情を説明しようとした。

「それから今、下で変な音が」

　このときまた、さっきと同じような重々しい物音が響いてきた。眠そうに瞼《まぶた》をこすっていた和博の手が、ひくと止まる。

「聞こえた？」

　愛香が押し殺した声で訊《き》くと、和博は「ああ」と頷《うなず》いて身を起こした。

「今のは……」

　呟いて、訝《いぶか》しげに眉《まゆ》をひそめる。まばらに鬚《ひげ》の生えた細い顎《あご》をさすりながら、

「真実哉君がいないって、本当に？」

「うん」

「トイレに行ってるんじゃあ？」

「違う。服がないんだもの。着替えて外へ出ていったみたいで」

「外へ？」

「うん、きっと。それでね、わたし、あの子の〝声〟が聞こえたの。心の中で。お姉ちゃん、逃げて……って」

「ちょっと愛香ちゃん」

　和博がさえぎった。

「心の中でって、そりゃあ……」

「ほんとなのよ」

と、今度は愛香が、自分の経験した信じられないような出来事を他人に向かって訴える番だった。

「わたしの心に直接、あの子が話しかけてきた。ほんとよ。夢なんかじゃなかった。みんな逃げなきゃだめだって。殺人鬼がこの家へ来るって云うの。だから早く逃げろって」

「おいおい、待てよ」

和博は当惑の面持ちだ。

「殺人鬼、だって？　そんなものが」

反論しかけて、はっと口をつぐんだ。そのときまたしても、重い物音が聞こえてきたからである。家全体を振動させるようにして、ごんっ、と。

「これは――」

和博の目つきが険しくなった。

「確かに下からみたいだな。いったい何だっていうんだ」

「だからきっと、真実哉が云ったとおり、殺人鬼が……」

そんな莫迦《ばか》な、とみずからの言葉を否定する心の声は弱々しかった。胸を押さえつけられたように息が苦しくなってくる。

先ほど聞いた真実哉の〝声〟は、本当に真剣そのものだった。

（……あいつが来る）

（殺人鬼が、そっちへ……）

（でないと殺されちゃうよ）

病院でいっぱい人を殺した、と云っていた。お父さんも殺したんだ、とも云っていた。

その殺人鬼が今、この家に……。

堰《せき》を切って溢《あふ》れ出してくる不安、そして恐怖。それをいっそう煽《あお》り立てるように、ごん、ごん……と続けて音が響いた。

誰かが暴れてものを壊しているみたいな——と、このとき愛香は思った。人が喚《わめ》くような声がまた、一緒に聞こえたようにも感じた。

愛香は怯《おび》えた目で従兄《いとこ》の顔を見た。

「まさかな」

低く呟《つぶや》く和博の表情も、それまでよりだいぶ厳しくなっていた。眠気はすっかり吹っ飛んだようである。ベッドから離れると、彼は壁に立てかけてあった木刀を取り上げ、愛香を振り返った。

「見にいってくる。愛香ちゃんは待ってて」

「だめ。わたしも……」

「いや」と首を振ったが、和博はちょっと考えてから「よし」と云い直した。

「分かったよ。一緒に行こう」

3

二人は部屋を出、階下へ向かった。

階段の明りを点けたところで、立ち止まって耳をそばだてる。さっきまでのような異音はもう聞こえてこなかった。外の雨と風の音ばかりが騒々しい。擦り切れたレコードの曲間のような、雑音だらけの静寂――。

そろそろと階段を降りる二人の間に、交わされる言葉はなかった。足がすくみそうになるのをこらえながら、愛香は和博のあとに従った。

一階の階段ホールに降り立つ。明りの消えた長い廊下が、家の奥と玄関、二方向に分かれて延びている。

二人は玄関のほうへ足を向けた。玄関ホールから光が洩れているのが見えたのだ。

「誰かいるのか」

和博が声を投げかける。

「父さん？　満代さん？」

返ってくる音はなかった。人の気配もしない。

木刀を握り直しながら、和博はゆっくりと歩を進める。一歩、二歩と暗い廊下を進んだところで突然、こそりと音がした。右手の居間のほうからだ。

ぎょっと身がまえる二人の前に、小さな仄白《ほのじろ》い影が現われた。開いていた居間のドアから飛び出してきた、それは白河家の飼い猫ミャオンであった。

「何だ……」

和博が息をつく。

「おまえが暴れてたのか？」

ミャオンはのそのそと薄闇を横切り、二人の足もとに擦り寄ってくる。甘えているようにも、何かに怯えているようにも見えた。

「おいで」と云って、愛香がミャオンを抱き上げようとした、そのとき——。

和博が「ん？」と声を洩《も》らした。

「どうしたの」

「あれ」

と、彼が指さしたのは前方に見える玄関ホールの扉だった。模様ガラスの入ったその扉は今、ほんの少しだけ開いた状態になっている。明りが点《つ》いた向こう側の様子はしかし、ここからではよく分からなかった。

「ガラスの色が妙だな、と」

和博は云《い》った。

「あんなに汚れていたっけ。何だか変に赤っぽい……」

愛香の応《こた》えを待たず、和博は廊下を進んでいった。愛香は慌ててあとを追う。木刀を前へ突き出し、和博が扉を押し開ける。二人はそして、声の一つも上げられずに立ち尽くすのだった。

そこには、これまで二人が一度として目にしたことがないような、あまりにも異常な光景が待ち受けていた。

汚れているのは扉の模様ガラスだけではなかった。床も壁も天井も……部屋のあらゆる部分が、日常からまったく懸け離れた色に染め変えられてしまっているのだ。毒々しくも鮮やかな、赤い色に。

その色が何を意味するのか、とっさには理解できず、愛香はただ呆然《ぼうぜん》と目を見張った。自分の常識がまるで通用しない異空間に、いきなり放り込まれたような気分だった。

何なんだろう、これは。

それがそのときの、彼女の偽らざる思いであった。

いったい何なんだろう。この色、それからあの、あそこに転がっている何だか気味の悪いものは……。

転がっている奇怪な物体が何であるのかも、そこでようやく分かった。

赤い色の正体が人間の血であると愛香が悟ったのは、その声を聞いてからだった。床に
「こんな……こんな……」

低く呻《うめ》いて、和博がよろりと足を踏み出した。

「……うう」


死体だ。

人間の死体なのだ、あれは。

漂ってくる異臭に鼻を押さえた。胃袋が収縮し、激しい嘔吐《おうと》感が込み上げてくる。

二つの異形の死体が、血に染まった玄関ホールにはあった。

一つは扉のすぐ向こうの壁ぎわに坐《すわ》っている。「異形」とはつまり、その死体には頭部がないのだった。何か刃物で首を切断されたのだ。大きく腹が裂けている。腹腔《ふくこう》から飛び出した腸管を両手で摑《つか》んだまま、事切れている。

もう一つの死体は土間の手前に倒れていた。これもまた頭部がない「異形の死体」である。加えてこちらの死体は、両手両足が四本とも途中で切断されてしまっている。切り落とされた手足はそれぞれにでたらめな方向を向いて、ホールのあちこちに転がっていた。

身を凍らせた二人の横をすりぬけて、ミャオンが血の海の中へ飛び込んでいった。物怖《ものお》じするふうもなく手前の死体（あれは……満代さん？）に歩み寄ると、床に零《こぼ》れ落ちたは

らわたに鼻を近づけ、ぴちゃぴちゃと舐《な》めはじめる。

「やめろ、ミャオン」

和博が掠《かす》れ声で叱りつけた。愛香は立っていられなくなり、鳩尾《みぞおち》を押さえてその場に膝《ひざ》を突いた。胃液が食道を逆流してくる。喉《のど》がいやな音を立て、苦痛に涙が滲《にじ》んだ。

「父さん……満代さん……」

和博の声が震える。

「誰が、こんなことを」

（……あいつが来る）

（殺人鬼が、そっちへ……）

真実哉のあの〝声〟は、やはり真実を告げていたのだ。

殺人鬼。

そうだ。まさにそうだ。この地獄のような光景を作り出した者がいるとすれば、それはまさしく「殺人鬼」としか呼びようがないではないか。

——男が、物凄《ものすご》い大男が襲いかかってきたんだ。

きのうの午後、父の病室で聞いた真実哉の言葉が思い出される。

——めちゃくちゃする奴なんだ。めちゃくちゃするんだよ。

——殺すんだ。めちゃくちゃして殺すんだ。

例の〝発作〟の中で、誰かの〝目〟になって目撃したという惨事。そこでも真実哉は、「殺人鬼」という言葉を使っていた。

——どろどろの服を着て、化物みたいな顔をしてて、凄《すご》い力なんだ。車が突っ込んでいくと跳び乗ってきて、前のガラスを割って、それで……。

あのときはもちろん、そんな話を信じられるはずなどなかった。いつものように夢を見たんだろうとしか思えなかったし、あんな状態にある父の横でそうしたことを云う弟の無神経さに、腹が立ちもした。だが、しかし——。

先ほどの〝声〟だけではない。あのときの真実哉の訴えはすべて、もしかしたら正しかったのかもしれない。その「殺人鬼」とはすなわち、去年の秋に父たちを襲った「双葉山の殺人鬼」と同じ奴なのだという、あの言葉も。

「愛香ちゃん」

和博の声に、愛香は涙で霞《かす》む目を上げた。

「電話を」

前方を見すえたまま、彼は低く命じた。

「警察に電話を。早く」

壁に手を突き、やっとの思いで立ち上がる。治まらぬ吐き気と戦いつつ、愛香は電話機が置いてある階段ホールへと踵《きびす》を返した。

4

和博は両手に木刀を構え直し、血みどろの玄関ホールに向かってじりっと歩を進めた。

愛香が廊下を駆けていく足音を聞きながら、大きく一度、深呼吸をする。「落ち着け」「落ち着け」としきりに心中で繰り返すが、このとてつもなく凄惨《せいさん》な光景を前にして、そうそううまい具合に気持ちをコントロールできるわけもなかった。

乱れ打つ心臓。膝が震え、背筋を汗が伝い落ちる。

二つの無惨な首なし死体は、着ているものからして満代と父の啓一郎に間違いなさそうだった。けれども今は、二人の死を嘆いている場合ではない。懸命にそう自分に云い聞かせ、取り乱しそうになるのを抑えた。

さっき二階で聞いた異様な物音。あれが、ここで二人が何者かに襲われたときの音であったのは明らかだ。ということは、その何者か（愛香の云う「殺人鬼」？）がまだこの近くに潜んでいる可能性も高い。

満代の死体から離れたミャオンが、血の海を渡って土間へ飛び降りていった。そこでまた、ぴちゃぴちゃと音を立てはじめる。きっと土間にも血だまりができているのだ。切り落とされた死体の頭部が転がっているのかもしれない。

「やめるんだ、ミャオン」

思わず声高に叱りつけ、和博はさらに一歩、足を踏み出した。

——と。

死角になっていた壁の陰から突然、何かが振り下ろされてきた。

和博が構えた木刀の先を掠めて、開いた扉にぶち当たる。物凄い音とともに模様ガラスが割れ、粉々に飛び散る。「わっ」と叫んで跳びのいた和博の眼前にそして、彼が姿を現わしたのだった。

ホールの明りを背にしているため、顔は黒いシルエットにしか見えない。どんな表情がそこにあるのかも、従って見て取ることができない。だが、犠牲者たちの血でどろどろに汚れたその身体全体から発せられる、ある種のエネルギー——〝気〟と云ってみても良いかもしれない——を肌で感じ取り、それをもって相手の属性を判断するのは、すこぶる容易であった。

殺意。

この男の内面を説明する言葉があるとすれば、それだけだと即座に悟った。

ただひたすら、貪欲《どんよく》なまでの殺意。そこには理由などない。善悪の観念もない。殺すこと、ただそれだけを目的とした殺意。それそのものとしての殺意。……

和博は木刀を中段に構えたまま、放射される〝気〟の圧力に押されるようにして、じりじりと廊下を後退した。

扉に喰《く》い込んだ凶器（斧《おの》のようだ）を引き抜くと、男——殺人鬼は悠然とこちらへ向かってくる。その足の動きに目をやって、裸足《はだし》だと分かった。散らばったガラスの破片を平気で踏みつけている。

ここで背中を向けたらおしまいだ、と和博は思った。そうすればきっと、こいつは野獣のようなスピードで僕に跳びかかってくるだろう。あの斧の刃がそして、確実に僕の身体を切り裂くことだろう。そう直感した。

ここで逃げ出してはだめだ。同じ逃げるにしても、あといくらか間合いを広げるなり、相手をひるませるなりしてからでないと。

和博は下腹に力を込め、気持ちを奮い立たせた。木刀の切っ先を少し上げて、相手の動きを牽制《けんせい》する。

殺人鬼の歩みが止まった。右手に持っていた斧を両手に握り直すと、おもむろにそれを頭上へ持ち上げ、そこでぴたと停止する。

「誰だ、おまえは」

堂に入ったその上段の構えに、和博はたじろいだ。

「誰なんだ。何でこんな……」

いくら問うても無駄であった。殺人鬼の頭には「誰」も「なぜ」もない。彼はただ、己の心に巣喰った凶悪な意志（殺す　殺す……）の命ずるがままに行動しているだけなのだから。

「和博さん」

階段ホールのほうから、愛香の甲高い叫び声が聞こえてきた。

「和博さん！」

「逃げろ、愛香ちゃん」

相手を睨《にら》み据えたまま、和博は命じた。

「逃げるんだ」

そのとき、殺人鬼が動いた。右足を大きく前へ踏み出し、振りかぶった凶器を片手持ちに変えて打ち下ろしてくる。

（来た！）

和博はすかさず木刀を振り上げ、襲いかかってくる凶器を打ち払った。間一髪のタイミングであった。間をおかずそこで、攻撃に転じる。木刀は相手の側頭部を掠《かす》め、左の肩に命中した。

ぐうっ……と低い声が、殺人鬼の口から洩《も》れた。和博はすぐさま後方へ跳びのいた。愛香の悲鳴が廊下の薄闇を震わせた。

殺人鬼がひるんだのは、しかし一瞬であった。床に落ちた斧を拾おうとはせず、今度は素手で躍りかかってくる。

その喉《のど》もとめがけて、和博はとっさに木刀を突き出した。

確かな手応《てごた》えがあった。木刀の先が、カウンターとなって相手の喉を直撃したのだ。くぐもった呻《うめ》き声とともに、殺人鬼はもんどりうつようにして後ろへ倒れた。

「和博さん！」

愛香がまた叫んだ。和博は倒れた相手の様子を窺《うかが》いながら、

「大丈夫」

と声を返した。

「大丈夫だ」

剣先が黒々と濡《ぬ》れている。血だ。今の一撃が喉を突き破ったのか。ならば、もはやまともに起き上がってはこられないようなダメージを与えたことになる。

呼吸を整えながら、木刀を構え直す。仰向《あおむ》けに倒れたまま動かない男のそばへと、慎重な足取りで近づいていった。

脇腹のあたりを、爪先《つまさき》で軽く蹴《け》ってみた。男が苦しげに呻くのを聞いて、心を覆っていた恐怖がいくぶん和らいだ。とともに、激しい怒りの感情が噴き上がってくる。

「なぜ殺した」

木刀を相手の腹に押し当てて、震える声を吐きつけた。

「なぜ父さんたちを殺したんだ」

呻き声が止まった。が、答えは返ってこない。和博はさらに歩を進め、倒れた男の顔を覗《のぞ》き込んだ。

「何とか云《い》え。おまえは」

と、そこで思わず言葉を詰まらせた。

玄関ホールから射す光で捉《とら》えた男の顔。殺された者たちの血をさんざん浴びて赤く汚れた、その顔……。

和博は己の目を疑った。何が何だか分からなかった。――これは？ この男は……。

「……そんな」

「そんな莫迦《ばか》な」

無理からぬこととはいえ、その驚愕《きょうがく》が心にもたらした空隙《くうげき》は、和博にとって致命的なものとなった。常人であれば立ち直れぬようなダメージを受けてもなお、殺人鬼の貪欲な意志はいささかも鈍ってはいなかったからである。

反撃の力もなく投げ出されていたかに見えた殺人鬼の手が、いきなり和博の足に伸びてきた。爪を立て、むずと足首を摑《つか》む。

和博は驚いて振り払おうとしたが、殺人鬼は離さない。そのまま素早く上体を起こし、両腕を足に巻きつけてきた。木刀を振るういとまもなく、引きずり落とされるようにして和博は身を崩した。

「離せっ。この……」

喚《わめ》きながら、和博はしゃにむに木刀で相手の背中を打った。だが、殺人鬼は手を離そうとしない。それどころか、パジャマが捲《めく》れ上がって露出した右足のふくらはぎに、飢えた肉食獣さながらに喰らいついてきたのだった。

肉を喰いちぎられる激痛に、和博はあられもなく絶叫した。愛香の悲鳴が、それに重なって響く。

嚙《か》みちぎった肉の塊を鮮血とともに吐き出すと、殺人鬼はようやく和博の右足から離れた。和博は傷口を押さえてのたうった。

殺人鬼の手が、和博の持った木刀に伸びた。

剣の中ほどを摑み、もぎとろうとする。怪力と呼ぶにふさわしい凄《すさ》まじい力であった。奪われまいと抵抗する獲物の腕を捩《ね》じり上げるようにして、殺人鬼はあっさりとそれを手中に収めた。

和博にはもう、なすすべもなかった。

「……逃げろ」

悲鳴を上げつづける愛香に向かって、やっとの思いで声を投げる。ふくらはぎの痛みに喘《あえ》ぎつつ、逃げようと身を起こす。そこへ――。

さっきのお返しだと云わんばかりに、殺人鬼が木刀を振り下ろした。

「やめて」

愛香が叫んだ。

「もうやめて！」

木刀は和博の脳天を直撃した。

瞬間、文字どおり目に火花が散ったように感じた。受け身も取れず顎《あご》から突っ伏した。呻き声すら出せないほどの衝撃と痛みの中で、細かく罅割《ひびわ》れた頭蓋骨《ずがいこつ》の絵がちらついた。必死で起き上がろうとするが、身体が痺《しび》れて思うように動かない。腹筋から力が抜け、意思とは関係なくへらへらと笑いだしそうになった。

生温かなものが、こめかみから首筋へと流れ落ちた。血が……と思ううちに、意識が白く濁りはじめる。知覚と思考が麻痺《まひ》しはじめる。かと云って完全には気を失ってしまえず、和博は弱々しく手足をわななかせつづけたのだが——。

その後の結果からすれば、ここでまっすぐ死の暗黒に落ちてしまったほうが、彼にとってまだしも幸せであったろうことは間違いない。

愛香の叫び声が、ひどく遠くに聞こえた。とろとろと霞《かす》んでくる視界に、薄明りの点《つ》いた階段ホールに棒立ちになった彼女の姿が映った。

「……逃げ、ろ」

必死で振り絞った声はまさに蚊の鳴くような声で、それが彼女の耳に届いたかどうかも分からない。

「……早く」

（こいつは）

（この男は……）

「逃げ……ろ」

殺人鬼は木刀を傍らに置き、倒れ伏した獲物の頭に両手を伸ばした。血に濡れた髪を掴むと、強引に立ち上がらせる。そうして今度は、力任せに顔面を壁に叩《たた》きつけた。

建物が激しく震え、鈍く軋《きし》む。

鼻が潰《つぶ》れた。歯も何本か圧《へ》し折れた。

殺人鬼は情け容赦なく、二度三度と同じ攻撃を繰り返した。噴き出した鼻血が見る見るうちに壁を染め、折れた前歯が血反吐《ちへど》とともに口から零《こぼ》れた。

やがて殺人鬼が手を離すと、獲物は壁に胸を付けてずるずると床に両膝《りょうひざ》を落とした。その様子を冷然と見すえ、殺人鬼はふたたび木刀を取り上げる。

顎を突き出し、壁沿いに天井を見上げるような姿勢で、獲物は酸欠の魚さながらに口をぱくぱくさせている。その口の中へ、殺人鬼は木刀の先端を突っ込んだ。そうしてそのまま、強引に喉の奥へと捩じ込みはじめるのだった。

「やめて！」

愛香が絶叫する。

「やめてぇぇぇっ！」

このときに至ってもなお、和博はかすかな意識を保っていた。まるで電撃を受けたように、全身がびくんと震えた。いきなり喉に押し込まれてきた異物を取り除こうと、ほとんど反射的に手を上げて木刀を掴んだ。

殺人鬼はしかし、まったく力を緩めない。ゆっくりと木刀を回転させながら、さらに深く捩じ込んでいく。

喉が裂け広がる痛みと、嘔吐《おうと》中枢の激烈な反応。呼吸も当然ままならない。胃カメラを飲むつらさを和博は一度、経験したことがあったが、そんなものとはとうてい比ぶべくもない苦痛であった。

剣先は咽喉《いんこう》から食道へと進み、噴門を通過して胃袋に達した。殺人鬼はいっそう強い力を加える。木刀は収縮しきった胃体を縦断し、幽門から十二指腸へと潜り込んだが、そこでとうとう腸壁を突き破ってしまった。

極限にまで高まった苦痛の直中《ただなか》で、ついに和博の意識は暗黒の淵《ふち》に沈んだ。断末魔の激しい痙攣《けいれん》を最後に、だらりと腕が垂れた。

殺人鬼はなおも力を加えつづける。

ぶつぶつと次々に腸壁を突き破りながら、木刀は獲物の肉体を串刺《くしざ》しにしていき、やがて直腸にまで届いたところで止まった。ぶっ……とおぞましい音を立てて、弛緩《しかん》した肛門《こうもん》からガスと糞便《ふんべん》が零れ出した。

悪臭にまみれて息絶えた獲物の身体を荒々しく突き放すと、殺人鬼はやおら身を屈《かが》め、床に落ちていた血まみれの斧《おの》を拾い上げた。

長い悲鳴を上げながら家の奥へと逃げていく少女の後ろ姿を、血走った双眸《そうぼう》が捉える。

5

一一〇番した電話に応答の声が出ると、愛香はもつれる舌で「人殺しが」と告げた。

「羽戸町の白河外科病院の隣です。院長の白河啓一郎の家……」

ガラスの割れる物凄《ものすご》い音が響いたのは、そのときであった。驚いて振り向くと、玄関ホールの明りを背にして現われた男（あれが「殺人鬼」なの？）と、木刀を構えてそれを迎える和博の影が見えた。

「和博さん！」

受話器を取り落として叫ぶ愛香に、和博は厳しい声で、

「逃げろ、愛香ちゃん」

と命じた。

「逃げるんだ」

愛香は躊躇《ちゅうちょ》しつつもその言葉に従おうとしたが、足がすくんでどうしても動くことができなかった。どうしたんですか、大丈夫ですか……という声が、落ちた受話器から流れ出す。

高々と凶器を振り上げて襲いかかってくる殺人鬼に、和博は絶妙なタイミングで打ち落とし面を仕掛け、さらに強烈な突きを喉《のど》に決めた。やった、と思ったのも束の間、殺人鬼の狂気じみた反撃が始まり……。

「やめて」

慄然《りつぜん》と電話台の前に立ち尽くしたまま、愛香は叫んだ。

「もうやめて！」

和博の手から奪った木刀を振りかぶる殺人鬼の黒い影。したたかに脳天を打ちすえられ、倒れ伏す和博の身体――。

助けなきゃ、と思った。

和博さんが殺されてしまう。助けなきゃいけない。わたしが助けなきゃ……。

すくんだ足をどうにかして踏み出そうと焦る愛香の心の中で、そのとき
（だめだ）

〝声〟が響いた。

（だめだよ、お姉ちゃん）

ああ、まただ。心に直接、語りかけてくる。これはあの子の、真実哉の〝声〟だ。

わたしの叫びがきっと、あの子に届いたんだ。即座にそう判断した。チャンネルが、ふたたび開いたんだ。物理的な法則を超えた通信のチャンネルが。それで……。

（だめだよ）

〝声〟は制止を繰り返した。

（だめだ）

（早く逃げて）

（和博さんが殺されちゃう）

愛香はかぶりを振った。

（わたしが助けないと）

（だめだよ）

（そいつにはかなわないよ）

（そんな……でも）

（そいつは化物だ）

（かないっこないよ）

（和博さんが……）

（だめだ）

（逃げて）

（お姉ちゃんも殺されちゃう）

（逃げるんだ）

（早く！　……）

その間にも、何メートルか先の廊下では恐ろしい光景が展開しつづけていた。引きずり起こされ、壁に何度も顔面を叩きつけられる和博。もはや完全に抵抗の力を失ったかに見える彼の口の中へ、強引に木刀が捩《ね》じ込まれ……。

「やめて！」

あまりにも常軌を逸した残虐行為に、愛香は髪を振り乱して絶叫した。

「やめてえぇぇっ！」

（逃げて、お姉ちゃん）

真実哉の〝声〟が叫ぶ。

（逃げて！）

床に膝《ひざ》を突き、オットセイのように喉をまっすぐに伸ばして上を向いた恰好《かっこう》で、和博は人のものとは思えないようなおぞましい呻《うめ》き声を発した。一メートル以上も長さのある木刀がやがて、柄の部分だけを残してずぶずぶと体内に差し込まれてしまう。

(ひどい)

全身の血が凍りつきそうだった。

(何てことを……)

真実哉の云《い》うとおりだ。あんな惨《むご》たらしい真似を平然とやってのけるなんて、あの男は人間じゃない。化物だ。気の狂った怪物だ。

ありったけの悲鳴をほとばしらせながら、愛香は弾《はじ》かれたように廊下を駆けだした。そこで冷静に事態への対処法を考えることなど、どうしてできたはずがあるだろう。みずからの声と足音が、恐慌をいっそう煽《あお》った。

和博さんが殺されてしまった。あんなに惨いやり方で。あんなひどい姿になって。わたしには何もできなかった。棒立ちになってそれを見ているだけだった。真実哉の言葉どおり、あいつはとんでもない化物だ。人間の形をした悪魔だ。今度はわたしが殺される番なんだ。今度はわたしが、あんなふうにして……。

どこに向かって走っているのか、自分でもよく分かっていなかった。殺人鬼が追いかけてきているのかどうか、振り返って確かめることもできず、愛香はひたすらに闇の中を駆けつづけた。

そして——。

気がつくと愛香は、暗い部屋の中に飛び込んでいた。閉めた板戸を背中で押さえ、乱れきった呼吸に肩を上下させていた。

（ああ……ここは）

道場の中、であった。裏庭に造られた古い木造の建物。母屋《おもや》とは短い渡り廊下で結ばれている。

がらんとした空間を埋めた闇には、外で降りしきる雨のにおいが混じり込んでいた。視力を支えるものは、明り採りの小さな窓から射し込むほんのわずかな光だけ。

愛香は懸命に呼吸を鎮め、耳を澄ました。

建物を包み込んだ風雨の音は、いよいよ激しくなっていた。あいつが追いかけてくる足音は？――聞こえない。

遅からず、警察が駆けつけてくれる。とにかくここにじっと隠れていれば……いや、それともすぐに家の外へ逃げ出してしまうほうがいいのか。

どちらとも判断がつかなかったけれど、今からここを出ていって、そこであいつに出くわしてしまったらと考えると、心がすくみあがった。ようやくいくらか鎮まってきた呼吸が、にわかにまた乱れはじめる。動悸《どうき》が激しくなってくる。

このままここにいよう、と思った。

大丈夫だ。きっとすぐに警察が来てくれる。そうすれば……。

愛香は足音を殺して道場の奥へ駆け、そこに置いてあった木刀を一本取ってきた。入口の引き戸の後ろに、それを使ってしっかりと突っかえ棒を噛《か》ませる。

見つかりませんように。どうか見つかりませんように。

念じながら戸から離れ、部屋の隅にうずくまった。

いったいあいつは、あの男は何者なんだろう。

大きく目を見開いて湿った闇を見すえ、愛香は考える。

愛香のいた階段ホールからは、距離と光の加減でほとんど黒い影にしか見えなかった。長身の和博よりもさらに背が高い。斧《おの》か何かの凶器を持っている。見て取れたのはその程度だけで、顔立ちはもちろん、どんな服を着ているのかも分からなかった。

いったいあいつは何者なのか。どこからやってきて、何のために人を殺すのだろう。いったいあいつは……。

真実哉が云っていたように、あの男こそが去年の秋に父たちを襲ったという「双葉山の殺人鬼」なのだろうか。そいつが山を降りてここまでやってきたというのか。

それとも――と、愛香は別の可能性に思い当たった。

昨夜、テレビのニュースで報じられていた事件。朱城市できのう、何人もの人間を殺して逃走したという凶悪犯（確か曾根崎とかいう名前だった）が、もしかして……。

「物騒な話ですこと」と云って眉《まゆ》をひそめていた、後藤満代の顔を思い出す。「大丈夫だよ、満代さん」と云って笑っていた、和博の顔を思い出す。
曾根崎某は覚醒剤《かくせいざい》の常用者だったらしい。おそらく朱城市での殺人は、薬による幻覚と妄想の中での凶行だったのだろう。その彼がこの付近まで逃げてきて、たとえば「薬」を探し求めて隣の病院に押し入ったということもありうるのではないか。
そこまで考えを進めたとき。

(……お姉ちゃん)

真実哉の〝声〟がまた聞こえてきた。

(どこ？　お姉ちゃん)

(ああ、真実哉)

愛香は両手で顔を覆い、思わず零《こぼ》れそうになる溜息《ためいき》を抑えた。

(良かった)

(無事なんだね)

(真実哉……)

(どこなの)

(どこにいるの)

(……道場。道場の中)

(あいつは？)

（分からない）

顔を覆ったまま、愛香は小さくかぶりを振る。

（でも、まだ追いかけてはこないから。警察にも連絡したし）

（ああ、良かった）

（うまく逃げられたんだね）

（だといいんだけど）

愛香はそっと入口のほうを窺《うかが》った。さっきのまま異状はない。雨と風の音以外、聞こえてくる物音もない。

（真実哉、あんたは？）

姿の見えない弟の顔を思い浮かべながら、愛香は訊《き》いた。

（今どこにいるの。どこから話しかけているの）

（ぼくは……）

〝声〟が答えようとした、そのときである。

がたっ、といきなり荒々しい音が響き、愛香を跳び上がらせた。

入口のほうからだった。誰かが無理やり戸を開けようとしている。あいつだ。あいつが来たのだ。

愛香は悲鳴を呑《の》み込み、両腕で自分の身体を抱き込むようにして身を縮めた。

がたがたとひとしきり鳴りつづいたあと、音はふっとやんだ。一秒、二秒……と沈黙が続く。——諦《あきら》めたのか。中には誰もいないと判断して、通り過ぎてくれたのか。

そんな希望的観測も虚《むな》しく、やがてまた音が鳴りだした。ごん、ごん……と、今度は拳《こぶし》で戸を叩《たた》くような音だった。

ひっ、と喉《のど》が震えた。

いけない。ここで声を聞かれちゃいけない。そう思って必死で口を押さえたが、喉はしゃっくりの発作のように、ひっ、ひっ……と震えつづけた。


（お姉ちゃん!?）

真実哉の〝声〟が、電波が乱れたように遠くなっていく。

（お姉ちゃん……）


音の色がまた変化した。ばきっ、と何か硬いもので板を打つ音。

斧だ、と悟った。

玄関ホールに転がっていた二つの死体の異形が、脳裡《のうり》をよぎる。あの二人を襲い、首や手足を切り落とすのに使ったのと同じ凶器で今、あいつは戸板を破ろうとしているのだ。

愛香は立ち上がり、暗い道場の中を見まわした。

広い板張りの部屋には、どこにも隠れる場所などない。奥の壁ぎわに、剣道の防具や何かがしまわれている棚があるだけだ。明り採りの窓は小さすぎて、とても這《は》い出すことなどできそうにない。

万事休す、であった。

どうしてこんなところに逃げ込んでしまったのだろう。さっさと建物の外へ逃げ出していたら良かったものを。——今さら自分の行動を責めても仕方ないけれど、そう考えると悔しくて泣きたくなった。

戸を破ろうとする音は続く。めりめりと厚い板が割れはじめる。

こらえきれず、愛香は悲鳴を上げた。

かないっこない。あんな化物にかないっこない。和博さんもかなわなかった。啓一郎伯父さんもかなわなかったんだ。わたしなんかに太刀打ちできるはずがない。

だけど……。

愛香はきつく目を閉じ、ぶるりと首を振って気を奮い起こした。

このまま何の抵抗もせずに殺されてしまうなんて、そんなのはいやだ。いやだ。絶対にいやだ。わたしは——わたしは……。

愛香は部屋の奥へ走り、壁に立てかけてあった竹刀を手に取った。振り向く。まだ戸は破られていない。

棚から防具を取り出した。大急ぎで胴と面を着ける。慰みにすぎないかもしれないが、何も着けないよりはましだろうと思った。

震える手で紐《ひも》を結びおえ、竹刀を持ち直したとき、ひときわ激しい音に闇が揺れた。無惨に破壊された戸が、こちらに向かって倒れてくる。そして――。

殺人鬼の黒い影が、綽然《しやくぜん》とした足取りで道場に入ってきた。

第8章　対決

1

ようやく白河家の玄関の前まで辿《たど》り着いたところで、真実哉は意識して耳を研ぎ澄ませた。

地を打つ雨と吹きすさぶ風の音に、夜はいよいよ騒然としている。その中で屋内の気配を探ろうとしたが、物音も人の声も聞き取ることはできなかった。

病院の門の手前でぬかるみに倒れ伏し、絶望の波に呑み込まれかけたあのときから、もうずいぶん時間が経ってしまっている。

——心の形が同じだから、お互いの心の声が聞こえるのよ。

茜由美子のその言葉を思い出し、愛香に自分の〝声〟を送るのに成功したあとも、がっくりと気を失ったような状態になってしまって、なかなか起き上がれなかった。痛みに耐え、呼吸を整え、やっとの思いで立ち上がったものの、何歩か進んだところでまた足を滑らせて転倒した。服も顔も髪も……身体中が、雨と泥にまみれてどうしようもないほどに重かった。疲労感や不快感を通り越して、自分が能なしの泥人形になってしまったような気分ですらあった。

愛香との二度めの〝交信〟があったのは、どうにかこうにか力を絞り集めてふたたび立ち上がろうとした、そのときだった。

やめて、もうやめて、という彼女の〝声〟が、心の中でかすかに響いた。続いて、助けなきゃ、という強い思念が伝わってくる。このままだと和博さんが殺されてしまう、助けなきゃいけない、わたしが助けなきゃ……と。

それで真実哉はすぐに、いま彼女の眼前で何が起こりつつあるのかを察したのだった。あいつが——殺人鬼が、とうとうお姉ちゃんたちのところに現われたんだ。そして今、お姉ちゃんの目の前で和博さんを殺そうとしているんだ。

(だめだ)

と、真実哉は〝声〟を飛ばした。

(だめだよ、お姉ちゃん)

姉のほうがそれをキャッチしたことは、何となく手応えで分かった。

（だめだよ）

真実哉は繰り返した。

（だめだ）

（早く逃げて）

（和博さんが殺されちゃう）

愛香の〝声〟が返ってきた。

（わたしが助けないと）

（だめだよ。そいつにはかなわないよ）

（そんな）

（……でも）

（そいつは化物だ。かないっこないよ）

（和博さんが……）

（だめだ。逃げて。お姉ちゃんも殺されちゃう）

激しく降りつける雨の中、真実哉は膝《ひざ》を立て、その上で小さな拳を握りしめた。

（逃げるんだ。早く！……）

やめて！　という愛香の叫び声が、真実哉の心の中いっぱいに轟《とどろ》き渡った。恐怖の色一色に染まった、凄《すさ》まじい絶叫であった。

（やめてえぇぇっ！）

「逃げて、お姉ちゃん」

真実哉は声に出して叫んだ。

「逃げて！」

二度めの〝交信〟は、そこでふつりと途切れてしまった。

真実哉は歯を喰《く》いしばって立ち上がり、泥で汚れた顔を腕で拭《ぬぐ》った。正面から、大粒の雨を乗せた風が、行く手を阻もうとするようにひときわ強く吹きつける。たまらず重心を崩しながらも、何とかして早く姉のもとへ駆けつけなければと必死で踏んばった。前屈《まえかが》みになり、震える膝に両手を当てて、気を抜けばまた倒れ伏してしまいそうな身体に鞭《むち》を打って足を踏み出す。

そうしてようやく——本当にようやくの思いで——、真実哉は白河家の玄関まで辿り着いたのであった。

（お姉ちゃん）

心の中で呼びかけながら、扉の把手《とって》に手をかけた。そこでいま一度、耳を澄ます。だがやはり、何の気配も感じられない。

思いきって扉を開いた。とたん、真実哉は掠《かす》れた悲鳴を上げてその場に立ち尽くした。ある程度の予想はしていたことだった。しかし、これは——このあまりにもひどいありさまは……。

土間に人間の生首が落ちている。啓一郎伯父の首だった。かっと目を見開いたその血まみれの髭面《ひげづら》は、激しい驚愕《きょうがく》の表情が刻まれたまま凍りついている。

禍々《まがまが》しい血の海となった玄関ホールの床に、首のない死体が倒れている。そのまわりに散乱した、ばらばらに切り離された手足。壁ぎわには、後藤満代の生首が転がっていた。彼女の胴体は、廊下に続く中扉の手前にあった。

「ううう……」

汚れた頰に両掌《てのひら》を押しつけ、真実哉は低く呻《うめ》いた。

「伯父さん、満代さん……」

右手奥の隅に、ミャオンがうずくまっている。真実哉の心中などまるで知らぬげに、みゅう、とひと声鳴いて小首を傾げた。

掌を頰に当てたまま、真実哉はびしょ濡《ぬ》れの身体をわななかせた。

(あいつがやったんだ)

あの殺人鬼がこの恐ろしい殺戮《さつりく》を行なっている場面が、再現フィルムのようにありありと頭に浮かんでくる。

(伯父さん、満代さん……あいつがみんなを殺したんだ)

恐怖と怒りが、ないまぜになって心を震わせる。その中でおもむろに、

ころす

例の邪悪な波動が、不気味な蠢《うごめ》きを見せた。

（ああ……お姉ちゃん）

真実哉はよろりと足を進めた。

（お姉ちゃんは？）

開いた中扉のガラスが、粉々に割れて床に散らばっている。その向こう、家の奥へと延びた廊下の暗がりに、誰かが倒れているのが見えた。あれは和博だろうか。

（どこにいるの、お姉ちゃん）

ころす　ころす……

凶悪な殺戮への意志。そのかけら（……ころす）が宿った心の形を意識化しつつ、真実哉は〝声〟を飛ばした。

（どこ？　お姉ちゃん）

それに答えて、

（ああ、真実哉）

今にも泣きだしそうな愛香の〝声〟が返ってきた。

（良かった）

ささやかな安堵《あんど》に、真実哉は小さく溜息《ためいき》をついた。

（真実哉……）
（……道場）
（道場の中）
（無事なんだね）
（どこなの。どこにいるの）
（分からない）
（あいつは？）
（でも、まだ追いかけてはこないから）
（警察にも連絡したし）
（だといいんだけど）
（真実哉、あんたは？）
（今どこにいるの）
（ああ、良かった）
真実哉はまた溜息をついた。
（うまく逃げられたんだね）
〝声〟の調子は心もとなげだった。
今度は愛香のほうから訊《き》いてくる。

（どこから話しかけているの）

（あいつだ）

（あいつが来たんだ）

（ぼくは……）

玄関に、と答えようとした、そこで――。

心に伝わってくる思念の波が、急に激しく乱れた。

（どうしたの、お姉ちゃん）

真実哉の問いかけに答えて、というふうではなく、

そんな愛香の独白が響いた。

いけない、と思うまにやがて、ひっ……という弱々しい悲鳴。

（お姉ちゃん⁉）

真実哉は焦った。

（お姉ちゃん、大丈夫？　お姉ちゃん）

懸命に呼びかけても、返ってくる〝声〟はもうなかった。〝交信〟のチャンネルがまた閉じてしまったのだ。

「お姉ちゃん！」

真実哉は大声で叫んだ。傍らの下駄箱の上に置いてあった殺虫剤のスプレイ缶をとっさ

に手に取ると、血みどろの玄関ホールを突っ切って家の奥へと駆ける。

2

倒れた戸板を踏んで道場に入ってきた殺人鬼を、愛香はせいいっぱいの勇気を振り絞って睨《にら》みつけた。

わずかに外の灯が射し込んでくるだけの闇の中、その姿はただ真っ黒な形としてしか捉《とら》えられない。荒々しい息遣いが聞こえてくる。右手に斧《おの》を持っているのが見える。あの刃はきっと、犠牲者たちが流した血でぎとぎとに汚れているに違いない。

竹刀を中段に構えた。

手と膝《ひざ》が細かく震えて止まらなかった。深く呼吸をして気持ちを落ち着かせようとするが、震えはどうしても治まらない。

殺人鬼の黒い影が、ゆっくりとこちらへ近づいてくる。吐き気を催すような異臭が、闇を横切って鼻を突いた。顔の造作は暗くて見て取れない。だが、その双眸《そうぼう》から発せられる鋭い眼光を感じ取ることはできた。

冷酷な、人ならぬものの目だ、と愛香は思った。人ならぬもの――それも、野獣と云《い》うよりはむしろ、心を持たぬ殺人機械のような。

全身の肌が粟立《あわだ》つのが分かった。震える手で竹刀を構え、面の横金の間から相手を見すえたまま、愛香はじりっとあとじさる。

殺人鬼は、ことさらのように悠然とした歩みで間合いを詰めてくる。とともに、

殺す

激しくも邪悪な波動が、闇を突き抜けて押し寄せてきた。

殺す　殺す……

震えやまぬ手で竹刀を握りしめ、その恐ろしい圧力を受け止める愛香の心の内側から、

ころす

同じ形をした波動が、相手のそれに共鳴するかのように湧き出してくる。

ころす　ころす……

(ああ、これは……)

いつのまにか、わたしの心のどこかに巣喰《く》っていたもの。わたしの手に真実哉の首を絞めさせたもの。わたしではない何か——誰かの、凶悪な意志。これが——これと同じものが、この男の中にもいるのだ。

殺す　ころす　殺す　ころす　殺す……

互いに響き合い、二つの波動が闇の中で異様なうねりを作りはじめる。ちょっとでもバランスを崩せば存在のすべてがそこに呑《の》み込まれてしまいそうな気がして、愛香は慌てて

強く首を振った。

殺す　ころす　殺す　ころす　殺す　ころす　殺す　ころす　殺す……

高まるうねりの中、殺人鬼がやおら斧を振り上げた。だんっ、と床を蹴《け》り、躍りかかってくる。

「いやっ！」

叫びながら上げた竹刀を、振り下ろされてきた斧がいともあっさりと撥《は》ね飛ばす。斧はそのまま愛香の足もとの床を打ち破った。

「いやあっ！」

竹刀を放り出して後ろへ跳びのく。背中が壁にぶつかった。これ以上もう、退くことができない。

殺人鬼は凶器を構え直し、壁に貼り付くようにして立った獲物に向かって足を進める。ふたたび斧が、今度は獲物の額に狙いを定めて振り下ろされる。

愛香はしゃにむに身を捻《ひね》り、攻撃をかわした。斧は面の端を掠《かす》り、壁の板を割った。掠っただけなのに物凄《ものすご》いショックを受けた。もしも面を着けていなかったなら、その一撃で失神していたかもしれない。

びりびりと痺《しび》れる頭を振りながら、愛香は壁伝いに横へ横へと逃げる。殺人鬼は、余裕の足さばきでそれを追う。

凶器が三たび、闇を切った。

必死の思いで身をかわすにはかわしたが、それが限界であった。勢い余って大きく体勢が崩れる。足がもつれ、激しく横様に転倒してしまう。

受け身を取ることもできなかった。右腕が不自然な角度で身体の下敷きになり、骨が折れたような激痛が走った。

「いや……」

痛みをこらえ、恐怖に引きつる喉《のど》を震わせながら、愛香は懸命に上体を起こした。その眼前に殺人鬼が、黒い山のように立ちはだかる。

「いやよ。やめて。助けて」

死ぬのはいやだ。こんな奴に（いったい何者なの？）殺されてしまうなんていやだ。あんな無惨な死体に（伯父さん、満代さん、和博さん……）なってしまうなんて、いやだ。いやだ。いやだ。いやだ。

「お願い。やめて」

逃げようにも、もはや逃げ場がなかった。愛香は破れかぶれで相手の足に飛びついた。が、ほとんど瞬時にして蹴り払われてしまう。まさに一蹴《いっしゅう》、であった。

したたかに壁で頭を打った。ふうっと意識が遠くなる。とろりと視界が霞《かす》み、殺人鬼の黒い輪郭が闇に滲《にじ》む。

頭の後ろで結んだ紐《ひも》がほどけ、面が大きく斜めにずれてしまっていた。愛香は面を脱ぎ、両手に持って顔の前へ突き出した。無駄だとは承知しつつ、少しでも攻撃を防ごうととっさに取った行動であった。

ゆっくりとまた、斧が振り上げられる。愛香は思わず強く目をつぶった。

「いやっ。助けて」

声を震わせながら、一方で、もうだめだと観念していた。

こんなことになったのも、考えてみればわたしのせいなのかもしれない。

病室での真実哉の話に、わたしがもっとちゃんと耳を傾けていたら。最初にあの子の〝声〟が聞こえたとき、わたしがもっと迅速に行動していたら。もっとわたしに勇気があったなら。和博さんがやられそうになったとき、床に落ちていたあの斧をわたしが拾って反撃していたなら。道場なんかへ逃げ込んでいなければ……。

さまざまな後悔が、一度に湧き上がってくる。

殺される。わたしはここで殺されるんだ。どうせなら、一撃で頭を叩《たた》き割ってくれたらいい。せめてよけいな苦痛のない死を。せめて一瞬の死を。

ところが――。

何秒か経っても、予期した衝撃は襲ってこない。斧が振り下ろされてこないのである。

（どうして……）

愛香は恐る恐る目を開けた。

殺人鬼の黒い影が、やはりそこには立ちはだかっている。高々と斧を振り上げたところで動きを止め、首を傾げるようにしてじっとこちらを見下ろしている。

ためらっている？——まさか。こいつにそんな感情があるはずなんかない。じらすつもりなのか。簡単に殺してしまっては面白くない、もっと時間をかけていたぶり殺してやろうと、そういうつもりなのだろうか。

「何なの」

突き出していた面を下ろし、愛香は涙声で云った。

「誰なの、あなた。何でこんなことをするの。何で……」

それに反応して、殺人鬼は傾けていた首をもとに戻した。愛香には見て取れなかったことだが、血のこびりついたその唇が、にいいっ、といびつに吊《つ》り上がった。

振り上げた斧を握る手に、力がこもる。非力な獲物の額めがけ、今しもそれが打ち下ろされようとした、そのとき。

たたたたた……っ、と足音が聞こえてきたかと思うと、殺人鬼の背中に小さな人影が跳びかかってきた。殺人鬼は虚を衝かれてぐらっと姿勢を崩したが、すぐに狂暴な低い唸《うな》りを発しながらそちらに向き直った。

「お姉ちゃん！」

甲高い声が、力強く叫んだ。

「逃げるんだ！　お姉ちゃん」

3

こちらを振り向いた殺人鬼の真っ黒な影。両手を広げて襲いかかってくる、その懐に素早く飛び込むと、真実哉は玄関から持ってきた殺虫剤を相手の顔めがけて噴射した。

うがあっ！

罅割《ひびわ》れた吼《ほ》えるような声に、道場の闇が震撼《しんかん》した。狙いどおり、噴きつけた殺虫剤が相手の両目を潰《つぶ》したのだ。

真実哉はすかさず後方へ跳びのいた。殺人鬼はみずからの顔面を掻《か》きむしりながら、酒に酔ったような不安定な足取りでこちらへ向かってくる。

今のうちだ、と思った。真実哉は足音を殺して壁伝いにまわりこみ、倒れている愛香のそばへ駆け寄った。

「ああ、真実哉」

愛香が喘《あえ》ぐ。「しっ」とそれをさえぎり、真実哉は息だけの声で、

「逃げるんだ、早く」

と命じた。腕を摑《つか》み、立ち上がらせる。

殺人鬼は道場の中央あたりにいた。殺虫剤の目《め》潰《つぶ》しで一時的な失明状態に陥ったまま、やみくもに斧《おの》を振りまわしている。

真実哉は持っていたスプレイ缶を、自分たちがいるのとは反対側の壁めがけて力いっぱい放り投げた。派手な音が響き、殺人鬼の足がそちらに向く。その隙を逃さず、愛香を促して道場の入口へと走る。

倒れた戸板を踏み越えて、外へ飛び出した。

簡単な屋根だけしか設けられていない渡り廊下は、吹き降りの雨に晒《さら》されて屋外と変わらないような状態だった。ずぶ濡《ぬ》れの床の上を、二人は母屋《おもや》に向かってまろぶように駆けた。

ぐるうっ……と、獣の咆吼《ほうこう》のような声が背後から飛んできた。

振り返ると、道場から出てくる殺人鬼の黒い影が見えた。目潰しからは早くも立ち直ってしまったらしい。一直線にこちらを睨《にら》みすえ、決して逃がさぬぞと宣言でもするように高々と斧を振り上げる。

「家の中へ」

と云《い》って、真実哉は愛香の背中を押した。

「ぼくが引きつけるから、お姉ちゃんはその間に逃げて」

「何を……真実哉」

愛香は驚きの目を向けた。真実哉は有無を云わさぬ強い調子で、

「二人一緒に逃げても、追いつかれたらおしまいだよ。だから」

「そんな……」

「早くっ」

突き放すようにしてふたたび愛香の背を押すと、真実哉は独り庭に飛び降りた。

「来い！」

真実哉は殺人鬼に向かって叫んだ。

「こっちだ。こっちだぞ！」

「真実哉……」

愛香の声が雨音に溶ける。

「こっちだ！」

真実哉は大声で叫ぶ。

「こっちだぞぉ！」

足もとから小石を拾い上げ、廊下を伸《の》し歩いてくる黒い影めがけて投げつけた。

こうして石ころを投げるのは、今夜これで二度めだ。一度めは病院の玄関前で、死体を食べていた犬を追い払うためだった。今度は逆だ。相手を怒らせて、自分に向かってこさ

せるため……。

ちっぽけでひよわなこの身体のどこに、いったいこんな勇気が潜んでいたのか、真実哉は自分でも不思議だった。

(頑張るんだ、真実哉。そいつにこれ以上、人を殺させるんじゃない)

内なる声が、父の声色を借りて(ああ、お父さん……)頭の中で響く。

(お姉ちゃんを助けるんだ。頑張れ。男の子だろう、真実哉)

そうだ。ぼくは男の子だ。お姉ちゃんを守らなきゃ。たとえぼくが代わりにやられることになっても、お姉ちゃんは助けなきゃ。もしもそれができなかったら、きっとぼくは一生、自分を軽蔑《けいべつ》しつづけるだろう。だから……。

「来い！　化物」

ぐがああっ！

狂暴な吼号《こうごう》がそれに応《こた》えた。黒い影が廊下から飛び降りてくる。

「こっちだぞ！」

もうひと声叫ぶと、真実哉は身をひるがえして雨の中を駆けだした。

道場の裏手にまわりこむ。ひとしきり全速力で走り、ちらりと後ろを振り返った。殺人鬼は猛然と追いかけてくる。今から気を変えて愛香のほうへ向かうことはないだろう。となればもはや、いっときたりとも立ち止まっている余裕はない。

真実哉は駆けた。

雨は冷たく激しく、まるで海を割って走っているようだった。小さな身体に残っているすべての力を絞り集め、死にもの狂いで真実哉は駆けた。

庭の生け垣を乗り越え、病院の敷地に飛び込む。

白い建物の隅に通用口のドアが見えた。急いでそれに飛びついたが、鍵《かぎ》が掛かっていて開かない。背後の暗闇からは、びちゃびちゃと恐ろしい足音が近づいてくる。

ドアから離れると、どこへ向かえば良いのかも分からず、闇の中をまた駆けだした。

あいつは追ってくる。どこまでも追いかけてくる。捕まれば殺される。とにかく力の続く限り走りつづけるしかない。この深い闇の果てまで。この狂った夜の終わりまで。

そうしてやがて――。

体力をほとんど限界まで使い果たし、もうこれ以上は一歩も走れそうにないというところで真実哉は、このまま永遠に続くかと思われた闇を突き抜けたのだった。

朦朧《もうろう》とした意識が、目の前に広がった世界を捉《とら》える。あたり一面が、何やら不思議な白い色に染まっている。

(ああ……ここは)

奇跡のようにそのとき、風が凪《な》いだ。まっすぐに天から落ちてくる大粒の雨に打たれながら、真実哉は呆然《ぼうぜん》とその風景を見渡した。

病院の南側にある例の沼のほとりに、真実哉はいた。

白い色は桜であった。満開だった桜の花がこの風雨で散り、付近一帯を雪のように覆い尽くしている。それを、病棟に沿ってまばらに並んだ外灯の光がおぼろに照らし出しているのだ。

この血塗られた狂気の夜の直中《ただなか》にあって、その光景は凄絶《せいぜつ》なまでの美しさで真実哉を幻惑した。

沼のはたに立つ桜の木々のうちの一本を選んで、残った最後の力を振り絞ってその陰に転がり込んだ。濡れた下草の中に、そしてべたりと身を伏せる。

乱れに乱れた息を懸命に殺しつつ、追いかけてくる者の気配を探った。だが、しばらく経ってもそれらしき足音は聞こえてこない。

諦《あきら》めたんだろうか。振り切ることができたんだろうか。お姉ちゃんは無事に逃げただろうか。……

風がまた、強く吹きはじめる。――と、それに乗って、表の道路のほうから甲高いサイレンの音が響いてきた。

(……パトカーだ)

真実哉は心中で安堵《あんど》の吐息をついた。

(警察が来てくれたんだ)

伏せていた顔を上げ、恐る恐るあたりを見まわした。
殺人鬼の姿は見当たらなかった。
張りつめていた緊張の糸が、ふっと緩む。助かった。これで——これでもう……。
今にも身を起こして木の下から飛び出しそうになった。ところがそこで、
殺す
例の邪悪な波動をこれまでになく強く感じ、真実哉はびくりと動きを止めた。
殺す　殺す
その波動がどこから伝わってくるのか、判断に迷った。あいつが近づいてきたんだろうか。それとも、このぼくの内側から？
どちらでもあるような気がする一方で、そのどちらでもないようにも思えた。どちらでもない？　それはしかし、
殺す　殺す　殺す　殺す……
いったいどういう意味なのだろう。
濡れた桜の花びらが、強風に巻かれて白く舞い上がる。その向こう——深い暗闇の奥からおもむろに、黒い人影が滲《にじ》み出てきた。
（ああ……来た）
真実哉は慌ててふたたび身を伏せた。

雨と風に揺れる丈高い草の間から、そっと相手の動向を窺《うかが》う。

右手に斧をぶらさげている。肩をいからせるようにして歩いてくる。真実哉がここに隠れていることには、今のところ勘づいてはいないようだった。

殺人鬼はゆっくりと歩いてくる。それまでひたすら真っ黒な影にしか見えなかったその姿が、やがて外灯の光に仄白《ほのじろ》く照らされる。桜の花びらに覆われた地面を重々しく踏みしめながらこちらへ向かってくる——その足にふと、真実哉は目を留めた。

（……裸足《はだし》？）

裸足だ。あいつは靴を履いていない。

そう気づいたとたん、心の中で異様なざわめきが生まれ、膨れ上がった。

靴を履いていない。あいつは靴を履いていない。

水を含んだ靴で歩くような、ぺたぺたという音が耳に蘇《よみがえ》ってくる。この足音を「聞いた」のは？　——あのときだ。今夜、例の〝発作〟に見舞われて父の〝目〟になった、あのとき。

そこが５１１号室のベッドの上であると気がつき、そのうち病室のドアを開ける音がかすかに聞こえた。そうしてあいつが部屋に入ってきた、あのとき……。

水を含んだ靴で歩くような、ぺたぺたという……あれは素足で歩く音ではなかった。つまりあのとき、あいつは靴を——少なくともそれに類したものを——履いていたはずなのだ。なのに、今……。

ざわめきはさらに膨れ上がり、忘れかけていたある感覚を呼び起こす。

511号室の前の廊下で、三度めの〝発作〟——殺人鬼の〝目〟になった——から覚めたあとのことだった。病室を覗《のぞ》き込み、改めてその惨状を目の当たりにしたときだ。あのときのあの感覚、あの違和感。——何か妙なことが。どこかしっくりしないものが。それが具体的に何を示すのかはよく分からず、ちゃんと考えてみる余裕もなく、ただ何となく引っかかりを覚えていた。あれは……。

何だろう。

あれは何だったんだろう。

そして今、胸をざわめかせてやまないこの感覚はいったい何なんだろう。

うろたえる真実哉の後ろで、黒くうずくまった沼が不意に、ざわっ、

殺す

と水音を立てた。それまでずっと聞こえていた、雨が水面《みなも》を叩《たた》く音とはまた違った色の音であった。

身を伏せたまま、真実哉は驚いて後ろを振り返る。向こう岸の見えぬ暗闇の中、そこでまた、ざわっ、

殺す　殺す

と水が鳴った。

ああ、これは。これは……。

殺す 殺す 殺す 殺す
この夜のすべての闇を巻き込んで、例の波動が巨大な渦を作りはじめる。

殺す 殺す 殺す 殺す 殺す 殺す 殺す 殺す……!

とてつもない恐怖が、真実哉の全身を貫いた。

何かが今、起ころうとしている。

わけも分からずそう思った。

何か、とんでもないことが……。

じっとしていると、そのまま身体が石になってしまいそうだった。強くかぶりを振って前方に向き直る真実哉の脳裡《のうり》にそのとき、三度めの〝発作〟のあと511号室を覗き込んで目にした光景が、鮮明な映像となって瞬《またた》いた。

病室には、血と臓腑《ぞうふ》にまみれた二つの死体があった。

一つは、ベッドの上で仰向《あおむ》けになっていた。顔をめちゃくちゃに切り刻まれ、腹を切り裂かれて内臓を引きずり出されていた。

もう一つは、一つめの死体の裂かれた腹に頭を突っ込み、逆立ちのような恰好《かっこう》で壁に倒れかかっていた。ベッドの手前の端に、仰向けに横たわったほうの死体(お父さん……)

の足が突き出していたが……。

あそこで覚えた違和感の理由。それはそう、あの二本の足ではなかったか。——そうだ。あのとき見たあの足は、靴を履いていたのだ。血と泥で汚れた茶色い靴を。

（……どうして）

真実哉は激しい眩暈《めまい》に襲われた。

（どうしてなんだ）

何かが間違っている。

決定的に間違っている。

しかし、何がどう間違っているのか、その時点に至ってもまだ、真実哉にははっきりと理解することができなかったのである。

こちらへ向かってくる殺人鬼。その膝《ひざ》から腹部にかけての様子が、慄然《りつぜん》と見開いた真実哉の目に映った。

どろどろに汚れた、何かパジャマのような服を着ている。ああ、これは——これも、昼間の〝発作〟の中であの女の人の〝目〟になって目撃した、あいつの服とは違うもののような……。

引き寄せられるようにして、真実哉の視線は相手の上半身へと向かう。

どろどろに汚れた胸。どろどろに汚れた首、そして顔。

血走った双眸《そうぼう》に狂気の光をたたえ、唇の端を悪魔のように吊《つ》り上げている。あちこちが傷つき、腫《は》れ上がり、爛《ただ》れている。すっかり形相が変わってしまっているが、これは――この顔は……。

耳のすぐそばで「ばんっ！」と大声が聞こえた気がした。

「そんな……何で⁉」

それがみずからの生命の危険に直結する行為であることも忘れ、真実哉は思わず叫んでいた。

「お父さん‼」

4

決してそこにいるはずのない人物。生きているはずのない人物。たとえ生きていたとしても、自力でそこに立っていられるはずのない人物。――父、白河誠二郎の顔を目に焼きつけたまま、真実哉の意識は突然ふわりと肉体を離れ、眩《まぶ》しい白銀の輝きの中へと吸い込まれていった。

ああ、何てことだろう。ここに来て――こんなところでまた、あの〝発作〟が。

思うまもなく、意識は輝きの中心を突き抜ける。物凄《ものすご》い加速感。これまでになく激しい圧力。そしてやがて、放り出されるようにして行き着いたのは……。

見渡す限り、何もない。何も聞こえない。濃淡のない灰色に塗り潰《つぶ》された、荒涼とした砂漠のような〝風景〟を、真実哉の意識は捉《とら》えた。

（これは……）

憶《おぼ》えのある〝風景〟だった。

これは、そうだ、三度めの〝発作〟のさい、乳白色の〝壁〟を破って入り込んでいったところ。あいつの――殺人鬼の〝心〟の中の〝風景〟だ。

これほどまでに何もない、これほどまでに荒れ果てた……。

（……お父さんの？）

みずからの意思をもって身体を動かすことができない。何も感じることができない。何も考えることができない。ただ呼吸をし、心臓を動かしつづけているだけの、生ける屍《しかばね》。

そんな状態になってしまった父の、これが〝心〟であるという話なのか。

ぼくには治せない、と真実哉は思った。

こんなになってしまった〝心〟をもとどおりにするなんて、どうしたってぼくにはできない。いくら勉強して立派な医者になったとしても、とうていできるはずがない。

救いようのない無力感に打ちひしがれる一方で、

（なぜなんだ）

真実哉は繰り返し問いつづけていた。

なぜ、そのお父さんが「殺人鬼」なんだ？　なぜ、そのお父さんが人を殺すんだ？　なぜ、どうしてこんな……。

その答えがまもなく、行く手に現われた。

殺す　殺す　殺す……

この〝心〟の中心部に巣喰《すく》った、邪悪な意志の塊。そこから絶え間なく放射される、凶悪な波動。

殺す　殺す　殺す　殺す　殺す　殺す……

（……そうか）

あの真っ黒な渦こそが、この〝心〟を支配するもののすべてなんだ——と、先にここへ来たとき真実哉は直感した。文字どおり、そういうことだったのだ。これが、まさにこれこそが、この夜を殺戮《さつりく》の血に染めた「殺人鬼」の正体だったのだ。

真実哉は想像する。

始まりはきっと、あのときだったのだろうと思う。511号室の窓から、沼に沈んでいくあいつの姿を見た、あのときだ。これと同じ形をした凄《すさ》まじい波動が、こちらを睨《にら》みつけたあいつの目から放射された、あのときだ。

心のいちばん暗い部分をめがけて、それは放たれてきた。必死で抵抗する真実哉の中へ無理やり飛び込んできた。同じようにしてそれは、一緒に病室にいた愛香の中にも飛び込んでしまった。そうして二人の心の隅には、同じ形の（ころす……）邪悪な意志のかけらが宿ってしまったのだった。

あのときあの病室で、真実哉たち姉弟《きょうだい》とともにあの波動の直撃を受けた人間が、もう一人いた。それがつまり、ベッドで植物状態にあった誠二郎だったのだ。

これほどまでに何もない、これほどまでに荒れ果てた〝心〟。自発的な意思を持った真実哉たちとは比ぶべくもない、あまりにも無防備な、空洞のような〝心〟。その中へ、あの波動はいともたやすく飛び込み、こうしてここに巨大な〝巣〟を作ってしまった。

殺す　殺す　殺す……

ただそれだけの、ひたすらに殺戮を欲する狂暴な意志がそして、誠二郎の肉体を支配し、ついには動かしはじめたのである。

殺す。しかもできる限り残虐な方法で。

己のものではないその意志の命ずるがままに、彼は次々と人を殺しはじめた。白河誠二郎という一個の人格としてではなく、殺人鬼――まさにその名でしか呼びようのない恐るべき存在として。

殺す　殺す　殺す　殺す　殺す　殺す……

〝心〟の中心で激しくもいびつな回転を続ける、真っ黒な渦。父の身体を操る、邪悪なエネルギーの塊。引き寄せられ、その中へ巻き込まれてしまいそうになる危険と向かい合いながらも、だけど——と真実哉は考えつづける。

この夜の殺戮はすべて、「殺人鬼」と化した父の仕業だったとしよう。それでは、あの死体は何だったのだろう。511号室のベッドにあったあの死体は……。

入れ替わった。——そういうことなのか。

めちゃくちゃに切り刻まれていて、顔の判別などとてもできないありさまだった。体格も、どんな服を着ているのかもよく分からなかった。ただ——。

そう、あの足だ。ベッドの端に突き出したあの死体の足は、確かに靴を履いていた。植物状態で入院中の患者が、どうして靴など履いているものか。だから、違ったのだ。あの死体は白河誠二郎のものではなかったのだ。

（じゃあ、いったいあれは？）

あれは誰の死体だったんだろう。いつどうやって、お父さんとその誰かが入れ替わってしまったんだろう。

切実な真実哉の問いかけに答えるかのようにそのとき、荒れ果てた〝砂漠〟が動きを見せた。乾いた砂粒の中にほんのわずかな密度で含まれていた水分が、水蒸気となって立ち昇り、ひとところに集まってくる。そんな感じで現われた動きであった。

何だろう、と思ううちにそれが、具体的な音や映像を伴って真実哉の意識に語りかけてくる。

……ぺたぺたという音が聞こえた。

これは、あのときの音だ。水を含んだ靴で歩くような音（裸足じゃない……）。511号室のベッドの上で、父の〝目〟になったときに「聞いた」、あの足音だ。

真っ黒な人影が、視界の中に入ってくる。濡《ぬ》れた服を着ている。水の滴る音がする。何やら異様なにおいがする。しゅうしゅうという獣じみた息遣いが聞こえる。

あいつだ！　と、あのとき真実哉の意識は悲鳴を上げたのだった。あいつが――あの殺人鬼が、沼から這《は》い上がってお父さんを殺しにきたんだ、と。しかし……。

ぎらぎらと殺気立った視線が突き刺さってくる。息遣いが荒くなってくる。水と泥と血で汚れた腕が、ゆっくりとこちらに向かって伸びてくる。

どくん、と心臓が大きく搏動《はくどう》するような響きとともに――。

殺す
凄まじくも邪悪な波動が、闇に満ちた。沼に沈んでいったあいつの双眸から放たれたのと同じ形の……。

殺す　殺す
あれを、あのとき真実哉は、部屋に忍び込んできたその人物から発せられたものなのだと受け取った。しかし、それは違ったということなのか。あれは内側から――父のこの

〝心〟の内部から伝わってきた波動だった、ということなのか。

殺す　殺す　殺す
手が近づいてくる。息遣いがさらに荒くなる。

殺す……

やめて！　助けて！　と叫びながら、真実哉は心の目を閉じた。その直後、弾《はじ》き飛ばされるようにして父の〝目〟から離れてしまったのだったが……。

あのあとあの病室で何が起こったのか。真実哉の知らないその情報が、引き続き送られてくる。するとこれは、この〝心〟に残っているそのときの〝記憶〟――そう呼ぶべきものなのだろうか。

植物状態になってしまった人間の〝心〟が、このような〝記憶〟を持つとは考えがたい。なのに今、これが伝わってくるということは――。

ひょっとするとお父さんの〝心〟は、完全に死んではいないのかもしれない。真実哉はそう思った。

（ああ、お父さん……）

……近づいてくる手には、ナイフが握られていた。ナイフの刃は、すでに黒く血で濡れていた。

突然、こちらの身体が動いた。

相手の手首を摑《つか》んで捩《ね》じり上げながら、むくりと起き上がる。あっと云《い》うまにナイフを奪い取る。そのまま体を入れ替えて相手をベッドに押さえ込むと、一瞬の躊躇《ちゅうちょ》もなく、奪ったナイフで喉《のど》を搔《か》っ切ってしまう。

そこで〝目〟が捉《とら》えた、相手の男の顔。

（この顔は……）

知っている顔だった。見た憶《おぼ》えのある顔だった。

これは、あの男の顔だ。テレビのニュースで映っていた逃亡中の殺人犯――曾根崎荘介という名前の、あの男の顔ではないか。

そうだったのか――と、そこで真実哉はようやく納得するのだった。

あの死体――ぼくが５１１号室で見たあの死体（靴を履いていた……）は、この曾根崎という男のものだったんだ。ぼくが〝目〟から離れたあと、「殺人鬼」に身体を乗っ取られたお父さんが、こうやってこの男を逆にベッドに押し倒し、あんなふうに切り刻んでしまったんだ。

しかしそれにしても、どうして警察に追われて逃走中の曾根崎が、今夜この病院へ――この病室へ来たのだろうか。

当たり前な理屈では説明しきれないような問題ではあったが、真実哉には何となくその理由が分かるような気がした。

すでに隣の朱城市で多くの人間を殺していた彼。覚醒剤《かくせいざい》に脳を冒され、正常な精神状態ではなくなっていた彼。——彼は彼で、誠二郎の中に巣喰《すく》ったこの波動（殺す……）をその狂える心によって感知し、それに引き寄せられるようにしてここへやってきてしまったのではないか。

このナイフは、朱城市での犯行に使った凶器に違いない。病室に来た時点でその刃が血で濡れていたことにも、説明がつく。

のちに真実哉が、病院の玄関前で発見したあの職員の死体。あれは殺人鬼と化した誠二郎ではなく、この曾根崎がこのナイフで殺したのだ。建物に侵入しようとしていたところを見つかるかどうかして、それで……。

（そうだ。きっとそうだったんだ）

語りかけてくる〝記憶〟の波が、静かに退《ひ》いていく。そしてそこで、真実哉の意識はすぐ間近にまた、

殺す　殺す　殺す　殺す　殺す　殺す……

激しく渦を巻く例の邪悪なエネルギーを感じるのだった。

（ああ、だめだ）

これ以上ここにいたら、この渦の中に完全に呑《の》み込まれてしまう。そうなったらもう、ぼくはぼくではなくなってしまう。

真実哉は必死で力に逆らい、〝心〟の外へと向かった。乳白色の〝壁〟を突き抜けて脱出に成功すると、意識を〝目〟の位置に置き直す。

5

そのとき〝目〟は、何メートルか先の桜の木の下に倒れている少年の姿を捉えていた。濡れたもとの色が分からないくらいに汚れたトレーナーと、オーバーオールのジーンズ。濡れた下草の中に、死んだように倒れ伏している小さな身体。

（……ぼくだ）

殺す

波動が、動かぬはずの肉体を衝き動かす。

殺す　殺す……

〝目〟の主――白河誠二郎は、右手の斧《おの》を握りしめながら、少年に向かってやおら足を踏み出した。

（ああ、やめて）

見つかった。殺されてしまう。

いま自分が〝目〟として宿っている人間の手によって。空白の心を、この世の常識を超えた邪悪な意志(殺す　殺す　殺す……)に乗っ取られてしまった父の手によって。

(やめてっ!)

真実哉の意識は叫んだ。

(お父さん!)

「止まれ」

と、そのとき誰かの声が飛んできた。同時に投げかけられる、ひと筋の光。懐中電灯の光線だ。

「動くな」

〃目〃がそちらを振り向いた。斜めに降りしきる雨の中、こちらに向かって駆けてくる二つの人影が見える。制服姿の警官たちであった。

その一方で——。

木の下に倒れ伏した真実哉の身体の後ろで、ざわっ、と水が鳴った。この〃発作〃が起こる直前に真実哉が聞いたのと同じような水音だった。

殺す　殺す　殺す　殺す
凄《すさ》まじいばかりのエネルギーが、竜巻のように闇を打ち震わせる。駆けつけてきた警官たちもきっと、何らかの形でそれを感じ取ったに違いない。

殺す　殺す　殺す　殺す　殺す　殺す　殺す　殺す……

この〝心〟の内側から来るのではない。それは今、明らかにその水音がした方向（沼の中？）から発せられていた。

向き直った誠二郎の〝目〟に、沼の水面が映った。ざわざわと音を立てながら、水は激しく波立っている。

（あああ）

真実哉の意識は恐怖に震え上がった。

（あいつが……）

そして、それは現われた。大きく水を割り、黒い沼の中からその巨体を現わした。

（あいつだ、やっぱり）

最初の〝発作〟のとき、あの女の人の〝目〟になって「見た」あの男だ。病室に向かって邪悪な意志を放ちながら、この沼の中に沈んでいったあの男だ。

双葉山の殺人鬼。

今度こそ間違いない。いま現われたこいつこそが、本物のそれなのだ。

この沼の澱《よど》んだ水の底で、今の今まで傷ついた身を休めていた？　そういうことなのだろうか。

身体中にへばりついた藻や泥をべたべたと落としながら、殺人鬼は岸に向かって進んでくる。それはまさしく、眠りから覚めた巨大な怪物のような歩みであった。その全身から

放射される
殺す　殺す　殺す　殺す……

波動と、誠二郎の〝心〟に巣喰った黒い渦から放射される波動、二つのエネルギーが
殺す　殺す　殺す　殺す……

ぶつかりあい、共鳴する。

殺す　殺す　殺す　殺す　殺す　殺す　殺す　殺す……！

その中に、ふと。

真実哉は懐かしい〝声〟を聞いたような気がした。〝心〟の内側から噴き出してくる殺意の形に、そこで一瞬、微妙な揺らぎが生じたような気もした。

（えっ？）

（……みや）

（ああ、これは）

（……ま……みや……）

これは、お父さんの？

（……だ……まみや）

本当に一瞬のことだった。

幻聴なのか。お父さんの声色を借りたぼく自身の声なのか。それとも……。

さっき、あの〝砂漠〟の中で語りかけてきた〝記憶〟のことが思い出される。ひょっとしたらお父さんの〝心〟は完全に死んではいないのかもしれない——と、あのときそう考えた、あれは正しかったのだろうか。

（お父さん？）

真実哉は〝心〟の内側に向かって呼びかけた。

（お父さん。——いるの？　ぼくが分かるの？）

殺す　殺す　殺す　殺す　殺す　殺す　殺す　殺す　殺す　殺す……

とめどなく噴き出してくる凶悪な波動。その狭間《はざま》にこのとき、

（……まみや）

確かに真実哉は聞き取った。語りかけてくる父の〝声〟を。

（……うんだ……まみや）

ああ、やっぱりそうだ。やっぱりお父さんの〝心〟は死んではいないんだ。あの〝砂漠〟のどこかで、今も生きているんだ。

（……たたかうんだ……まみや）

（お父さん）

（……たたかえ）

（戦うって……）

(……そいつと……たたかうんだ)

殺人鬼は沼の中を、変わらぬ足取りで進んでくる。「そいつ」とはあいつのことか。あいつと「戦え」と云《い》うのか。

(そんな……どうやって?)

真実哉は途方に暮れる思いで問いかけた。

(……のからだで)

父の〝声〟が切れ切れに答える。

(……このからだを……つかって)

(この身体……お父さんの身体を?)

(……つかえ)

(……そして……わたしを……)

一刻の猶予もなかった。

このまま何もしないでいたら、確実に自分は殺されてしまう。殺人鬼と化した父によって。さもなくば、沼からやってくるあの、本物の殺人鬼によって。

躊躇《ちゅうちょ》する暇もなく、真実哉はふたたび父の〝心〟の中へと飛び込んだ。〝壁〟を突き抜け、茫漠《ぼうばく》と広がった〝砂漠〟を渡る。そうして〝心〟の真ん中に巣喰《すく》った例の真っ黒な渦

の手前まで行き着いたところで、

父の〝声〟がまた、どこからともなく聞こえてきた。

（……てくれ……まみや）

（……たすけて……くれ）

（……わたしを）

（……ここから）

（……この……じごくから）

（……かいほう……してくれ）

苦しげな、今にも消え入りそうな。

（ああ、お父さん）

真実哉は覚悟を決めた。

ためらっている場合ではない。恐れている場合ではない。

（あの中へ……）

そうだ。やるしかないのだ。今すぐに。

（あの渦の中へ……）

どういう結果になるのかは分からない。まるで歯が立たないかもしれない。あの中へ飛び込んでいったその瞬間に、もうぼくはぼくじゃなくなってしまうかもしれない。ばらばらに引き裂かれて、粉々に擂り潰されて、あの邪悪な力（殺す……）の中にぼくという存在そのものが取り込まれてしまうかもしれない。

けれども、やらねばならない。ぼくが助かる可能性は、お父さんを助ける可能性は、もはやその危険の内にしかないのだから。

轟々《ごうごう》と渦を巻く異形のエネルギー。そこから放射される波動（殺す……）と響き合い、抑えようもなく高まってくる自分自身の中の声（ころす……）を意識しつつ——。

（お父さん！）

叫びながら真実哉は、それまで怖くて近づくこともできなかったその渦の中心部へと突っ込んでいったのである。

殺す　殺す　殺す　殺す　殺す……

ただただ殺戮《さつりく》を欲する貪欲《どんよく》な意志が、飛び込んできた真実哉の意識を包み込んだ。凄《すさ》まじい圧力がありとあらゆる方向から加えられ、ぺしゃんこに押し潰されてしまいそうな感覚だった。コールタールのようなどろどろとした液体が、目や口や鼻や耳、さらには全身の毛孔《けあな》から体内に侵入してこようとする。そんな感覚でもあった。

殺す　殺す　殺す　殺す　殺す　殺す　殺す　殺す……

何も見えなくなる。

何も聞こえなくなる。

何も考えられなくなる。

真実哉は必死になってもがき、世界のすべてを血みどろの暗黒に塗り潰そうとする、その凶悪な力に抵抗した。だが、もがけばもがくほどに、抵抗しようとすればするほどに、力はいよいよ強く（殺す……）真実哉の意識を押し包み、自由を奪おうとする。

殺す　殺す　殺す　殺す　殺す　殺す　殺す　殺す　殺す　殺す
殺す　殺す　殺す　殺す　殺す　殺す　殺す……

今にも暗黒の中に溶け込んで消滅してしまいそうな、ぎりぎりの縁まで追いつめられて真実哉は、逆らおうとしてもだめだ、と悟った。

力対力では、とうていこいつを打ち負かしたり追い払ったりすることなどできない。やみくもにいくら逆らってみても、たやすく捩《ね》じ伏せられてしまうだけだ。ならば——。

……ころす

ぼく自身の中で脈打つ、この邪悪な意志のかけら。今ここに渦巻いている、この強大なエネルギーと同じ形の。

ころす　ころす……

これだ。

逆らってもだめだ。逆らうのではなく、合わせるのだ。力で抵抗するのではなく、力を同調させるのだ。これを——このかけら（ころす　ころす　ころす……）を使って。そのうえで、ぼくのほうが逆に全体をコントロールすることができれば……。

できる。

できるはずだ。

真実哉は思考を停止した。すべての感情の動きを封じた。そうして心の隅に棲《す》みついた邪悪な意志のみを（ころす　ころす　ころす　ころす……）表に引き出し、それによってみずからの意識を包み込んでしまう。

殺す　ころす　殺す　ころす　殺す　ころす　殺す　ころす　殺す　ころす……

ぶつかりあい、響き合い、それぞれにうねりを高める二つの波動。

殺す　ころす　殺す　ころす　殺す　ころす　殺す　ころす　殺す　ころす　殺す　ころす　殺す　ころす　殺す　ころす　殺す　ころす　殺す　ころす……

やがてうねりの波長がぴったりと重なり合い、一つの巨大な波となって盛り上がったところで、真実哉は抑え込んでいた自分の意識を一気に解放し、拡散させた。さっきとは逆に、めいっぱい大きく広げた意識の網によって、二つの波動をもろともに包み込んでしまおうという試みであった。そして——。

殺す　ころす　殺す　ころす　殺す　ころす　殺す　ころす　殺す　ころす　殺す　ころす　殺す　ころす　殺す　ころす　殺す　ころす　殺す　ころす　殺す　ころす　殺す　ころす　殺す　ころす　殺す　ころす　殺

すころす殺すころす殺すころす殺すころす殺すころす……

よりいっそう激しさを増してうねり、渦巻きつづける凶悪なエネルギーを懐に抱きかかえたまま、真実哉は父の〝心〟となることに成功した。それは同時に父の〝目〟となり〝耳〟となり、〝手〟となり〝足〟となることだった。

桜の木の下に倒れた自分の身体が見えた。その向こうに、沼の中を進んでくる男――本物の「双葉山の殺人鬼」――の巨体が見えた。

……殺す！

かろうじて消滅を逃れ、ぎりぎりの危ういバランスで自己を保った意識のもとで、真っ黒な炎が燃え上がる。

あいつを殺す！

真実哉自身の意志であるとともにそれは、真実哉の意識が網となって包み込んだエネルギー体から発せられる雄叫《おたけ》びでもあった。

殺す！

あいつを殺す！

自分は何者なのか、何を目的としていま行動しているのか、ややもするとそれすらも忘れ果ててしまいそうなほどの、激烈な殺意。愛だの正義だの人間性だのといったものどもとはどこまでも無縁な、狂おしい衝動。――操っているのか操られているのか、本当のところはいったいどっちだったのだろう。

殺す！

斧《おの》を両手で握り、頭上に持ち上げた。上段の構え。剣道の有段者でもあった父、誠二郎がかつて得意としていた構えだ。

殺す！

狂暴な唸《うな》り声に喉《のど》を震わせながら、誠二郎は（真実哉は）跳んだ。地を覆った桜の花びらを蹴《け》り散らし、倒れた真実哉自身の身体を跨《また》ぎ越え、沼の中の殺人鬼に向かって猛然と躍りかかっていく。

殺してやる！

振り下ろした斧が、殺人鬼の左の肩口に命中した。ざくりと肉が割れ、鮮血が霧のように雨の中を舞った。

殺人鬼はしかし、たじろぎもしなかった。爛《ただ》れた顔を歪《ゆが》めてにたりと歯をむきだしながら、誠二郎に（真実哉に）摑《つか》みかかってくる。その手から逃れて、誠二郎は（真実哉は）斜め後ろへ身を退いた。血に濡《ぬ》れた斧をすかさず握り直す。

「動くな！」

度を失った警官の声が、背後から聞こえてきた。

「動くな。撃つぞ！」

そんな制止に耳を貸すことなどもちろんあるはずもなく、殺人鬼は向きを変えて襲いかかってくる。その頸部《けいぶ》の一点に狙いを定め、誠二郎は（真実哉は）渾身《こんしん》の力で水平方向に斧を振り抜いた。

恐ろしいほどに確かな手応《てごた》えを、そのとき真実哉は自分自身の感覚として感じた。肉を裂き、骨を叩《たた》き切った手応えであった。

天地を揺るがすような凄まじい絶叫が爆発し、瞬間で途切れた。胴から切り離された殺人鬼の首が、おびただしい血しぶきとともに宙を飛ぶ。

（……やった！）

岸辺に落下し、桜の花びらの上を転がっていく血まみれの生首を〝目〟で追いながら、真実哉の意識は勝鬨《かちどき》を上げた。——が、それも束の間。

沼に残った殺人鬼の胴体へと〝目〟を戻してみて、歓喜は驚愕《きょうがく》の叫びに変わらざるをえなかった。

頭部を失い、首の切断面からびゅうびゅうと血煙を噴き上げながらもなお、殺人鬼は倒れずにそこに立っている。あまつさえ、大きく両腕を広げてこちらに跳びかかってくるのである。断末魔のでたらめな動き、という感じではない。信じられない話だが、明らかにそれは意思を持った者の〝行動〟だった。

こいつはまだ、生きているのだ。

あまりのことに、真実哉は気が狂いそうだった。

首を切り落とされても死なずにいる。そして襲いかかってくる。こいつは……いったいこいつは何なのだ？

もしかしたらこれは全部、ぼくが見ている悪夢なのかもしれない――と、そんな考えすらも浮かんだ。

現実には、事件なんか一つも起こっていない。「双葉山の殺人鬼」なんかどこにも存在しない。誰も殺されてなんかいない。すべてはこの嵐の夜、ぼくが独り見ている恐ろしい夢にすぎないのだ。でないと――でないと、こんなこと……。

「動くな！」

とまた、警官の叫び声が聞こえた。

「撃つぞ！　本当に撃つぞぉ！」

銃声が数発、続けざまに闇を震撼《しんかん》させた。

組みかかってくる首のない殺人鬼と、それを振り払おうとする誠二郎。膝《ひざ》の上まで水に浸《つ》かり、もつれあった二人の身体を、複数の弾丸がもろともに貫いた。血の色をした激しい閃光《せんこう》とともに、そしてその瞬間、父の〝心〟となっていた真実哉の意識はそこから弾《はじ》き出されてしまったのだった。

永劫《えいごう》とも思われる時間を空白の中で過ごしたのち――実際にはほんの一、二秒にすぎなかったのだが――、真実哉の意識はもとの肉体に落ちてきた。失調した知覚がやがて、徐々に正常を取り戻す。

のろのろと身を起こし、沼のほうを振り返ったとき――。

そこにはすでに、二人の殺人鬼の姿はなかった。黒い水面が、苦痛に喘《あえ》ぐ生き物のように波打ち、ざわめいているのだけが見えた。

殺す　殺す　殺す　殺す……

いくぶん勢いを弱めつつ、それでもなお世界を震わせつづけている凶悪な波動を近くに感じて、真実哉はあたりを見渡す。すぐに視線は、斜め前方何メートルかの場所に転がった異形の物体を捉《とら》えた。

殺す　殺す　殺す……

真実哉は立ち上がり、よろめく足でそちらに向かった。

切り落とされた殺人鬼の生首が、半ば地面に埋もれるようにしてそこに転がっているのだった。

醜く焼け爛れ、相好の別などとうにつかなくなったおぞましい肉の塊。血と泥で汚れた桜の花びらが、その至るところに貼り付いている。顔を上に向けている。罅割《ひびわ》れた肉の間にそして、ぎろりとむきだされた二つの目が……。

唇を真一文字に結び、冷たく視線を凍らせたままの無表情で、真実哉は足もとに落ちていた赤ん坊の頭くらいの大きさの石を拾い上げた。地面に両膝《りょうひざ》を突いた姿勢で頭上高くそれを振り上げ、生首の顔面に叩きつける。

ころす！

抑えようのない衝動に身を任せ、真実哉は同じ行為を繰り返した。

何度も何度も。

その顔が完全に原形を失い、文字どおりただの肉塊と化してしまうまで。

ぐちゃぐちゃに叩き潰《つぶ》した殺人鬼の頭を、真実哉はためらいなく両手で持ち上げた。ざわめきやまぬ黒い沼の中へと、力いっぱいそれを投げ捨てる。

殺す　殺す……

この夜を狂わせていた邪悪なエネルギーが急速に衰えていくのを、

殺す……

ようやく真実哉は感じ取った。真実哉自身の心の中に棲《す》みついていたそれも（ころすころす……）同様であった。風船がしぼむように見る見る小さくなっていき（ころす……）、やがてふっと途切れるようにして（ころ……）消えた。

終わったのか。これで本当に終わったのだろうか。

降りしきる激しい雨と吹きつける風の中、氷のように冷えきった小さな身体をわななかせながら——。

「おい！」

「大丈夫か、君」

駆け寄ってきた警官たちの声に応えることもできず、真実哉はどす黒い血にまみれた自分の手を見つめつづけていた。

蛇足

○一九九×年四月五日深夜から六日未明にかけて、X県X郡羽戸町の白河外科病院内および白河啓一郎院長宅で発生した大量殺人事件の被害者の氏名、性別、年齢、職業、殺害された場所等は次のとおり

・冬木貞之……男性。二十八歳。白河外科病院の事務員。病院の玄関前において殺害される。

・曾根崎荘介……男性。三十四歳。無職。四月五日午後に朱城市で発生した連続殺人事件の犯人。病棟四階の511号室において殺害される。

・溝口沙也香……女性。二十二歳。白河外科病院の看護婦。病棟四階の511号室において殺害される。

・喜多山静子……女性。三十九歳。白河外科病院の看護婦。病棟四階の仮眠室において殺

・加川泰子……女性。二十六歳。白河外科病院の看護婦。病棟二階の集中治療室において殺害される。

・冴島美砂子……女性。二十九歳。主婦。四月五日午後、羽戸町の県道で発生した交通事故による負傷のため、白河外科病院に収容されていた。病棟二階の集中治療室において殺害される。

・後藤満代……女性。五十四歳。白河啓一郎宅の家政婦。白河宅の玄関ホールにおいて殺害される。

・白河啓一郎……男性。四十七歳。白河外科病院の院長。白河宅の玄関ホールにおいて殺害される。

・白河和博……男性。二十一歳。白河啓一郎の息子。Y＊＊医科大学三年生。白河宅の一階廊下において殺害される。

○一九九×年四月七日付、S**新聞夕刊より抜粋

五日深夜から六日未明にかけて羽戸町で起こった「白河外科病院大量殺人事件」には依然として不明点が多く、捜査は難航しているもようである。警察では、五日午後に同町の県道において発生した冴島武史さん（三四）と莉絵ちゃん（三）親子の殺害事件との関連を検討しつつ、捜査を進めているが………

………射殺された白河誠二郎さん（四〇）の遺体は、七日午前中に同病院裏手の沼から引き揚げられた。しかしながら、白河さんと一緒に沼に沈んだという正体不明の大男の死体は、付近一帯の捜索にもかかわらずいまだに発見されていない。

——了

角川文庫版あとがき

『殺人鬼　――覚醒篇』に続いて、『殺人鬼　――逆襲篇』をお届けする。かれこれ十九年前、『小説推理』一九九三年三月号〜九月号に連載したのちに双葉社より単行本化された長編『殺人鬼Ⅱ――逆襲篇――』の、タイトルをマイナーチェンジしての再文庫化である。『覚醒篇』と同様、全編にわたって文章に細やかな手を入れながら決定版をめざしてみた。お楽しみください。――と云ってももちろん、うっかり前作を読んでしまって、こんな悪趣味な小説はもう懲り懲りと思われた方に対しては決してお勧めいたしませんので、ご了解を。

いわゆるB級ホラー映画には続篇がつきものだから、ということで九三年当時、半ばノリに任せて書いたのが本作だった。――ような記憶がある。

正篇に当たる前作が、あのような血みどろぐちゃぐちゃ《スプラッタ》全開の内容であったにもかかわらずそこそこ良好な売れゆきを見せてくれたので、続篇の連載・刊行が許されたという事情も当然ながらある。構想を練る段でおのずと出てきたのが『逆襲篇』なる副題で、長らく魔の山・双葉山に棲息《せいそく》していたと思《おぼ》しき正体不明の「殺人鬼」が本拠地を離れ、人里に現われて大変なことに……といった大筋もすんなり決まった。

ただし、単に殺人鬼が大暴れして人々を殺しまくる、というだけでは僕の場合、どうにもお話にならないわけである。何か一つでもそれらしき仕掛けがなければ書けない、哀れなミステリ作家の性《さが》とでも云おうか。——なので、本作でも一応、物語にちょっとしたネタが仕込んである。そちら方面に興味のある方は、過度に血まみれの残酷描写に惑わされぬようご用心を。

ホラー映画は苦手、ましてやスプラッタ映画なんてとんでもない！　と云う人から、

「どうしてあんなのが楽しいの？」

大真面目にそう訊《き》かれることがある。相手に納得してもらえるかどうかは別として、この問いかけに端的に答えるとしたら、こうなる。

「だって、人間はそういう生き物だから」

説明に代えて、むかし書いた小文を次に自己引用してしまおう。タイトルは「恐怖を楽しむ生き物」。『小説推理』九八年一月号～十二月号に連載した四〇〇字の巻頭エッセイ、その第一回である。

動物は素直だ。怖いものは怖い。犬は吠えるし、猫は毛を逆立てる。迷うことなく逃げる。彼らにとって「恐怖」とは即ち「死の予感」である。個体（あるいは種）の存続を脅かすような対象に本能レベルで恐怖を感じ、然るべき反応を示す。「死に通じるものを恐れる」という基本は、人間の場合も同じだろう。が、畸型的に進化したヒトの脳髄は、他の動物たちのような素直さを僕たちに許してはくれない。「怖いものは怖い」と即座に逃げるわけにはいかなかったりする。「恐怖に耐える」ことに、おおむねプラスの価値が与えられているから。宗教は「死は怖くない」と云い聞かせる。悟りを開けば聖人と呼ばれる。さらに人間は、「恐怖を楽しむ」といった倒錯的な行動にも出る。お化け屋敷に絶叫マシン、ホラー小説ホラー漫画ホラー映画ホラーゲーム……擬似的に「死」に近づいてそれを「単なる娯楽」にしてしまうとは、いやはやまったく厄介な生き物もいたものだ。

調子に乗ってもう一つ引用を。

同じ連載の第七回。タイトルは「この世ならぬもの」。

病気だの交通事故だのストーカーだの暴力団の抗争だの、いかにも身近に降りかかってきそうな現実的なものどもへの恐怖は、嬉しくもなければ面白くもない。どうせ恐怖するのならやはり、何かこの世ならぬものが良い。ところが残念なことに、僕はいわゆる超常現象怪異現象の類と遭遇した経験がまったくない。〝霊〟を見たり感じたりしたこともなければ、UFOにも超能力にも妖怪にもお目にかかったことがない。だからそれらの実在を信じる気には到底なれず、当然ながら実生活においてそのようなものたちに恐怖を抱くこともない。が、これが小説や映画の中となると話が違う。才能ある作家の書いた幽霊譚や怪物譚を読んで肝を冷やし、SFXを駆使して撮られたホラー映画を観て手に汗握る。その存在を一時《いっとき》信じさせてくれるだけのリアリティを備えた虚構の中だからこそ、そういった「この世ならぬもの」を真面目に恐怖し、あまつさえ「楽しむ」ことができるのだ。

引用文中の「手に汗握る」が進行していくと、ついにはホラー映画を観て「和む」という境地に至るわけだが、この辺に関しては牧野修さんと綾辻の共著『ナゴム、ホラーライフ 怖い映画のススメ』(メディアファクトリー、二〇〇九年)における二人の熱い語らいをぜひ、ご参照ください。

ところで本書では、巻末の解説を映画研究家の矢澤利弘さんにお願いした。

矢澤さんはわが国におけるダリオ・アルジェント研究の第一人者で、『ダリオ・アルジェント――恐怖の幾何学』（ABC出版、二〇〇七年）という労作を著わしておられる。大のアルジェント好きである僕はこの本の刊行を知ってすぐに入手・拝読し、いたく感激・感服したものだった。のちに矢澤さんとは、『サスペリア』『インフェルノ』に続く「魔女三部作」の完結篇『サスペリア・テルザ　最後の魔女』の日本公開のさいに初めてお会いし、シアターN渋谷でのトークショウでアルジェント作品の魅力を語り合う機会を得たのだったが、それが二〇〇九年の五月。もう三年近く前の話になるけれど、あの夜の愉《たの》しさは今でもつい先日のことのように思い出される。

今回の唐突な依頼を快諾してくださった矢澤さんに、心より感謝いたします。

ところでさて、いわゆるB級ホラー映画にはさらなる続篇、続篇、続篇……がつきもの、である。『悪魔のいけにえ』も『ハロウィン』も『13日の金曜日』も『エルム街の悪夢』も……ね。『2』だけでは飽き足らずに『3』『4』……と続篇が製作されていき、けれども悲しいかな、これらはたいていファンから手厳しい文句を云われる運命にあるわけですな。

かねてホラー映画を愛してやまない小説家としては、その運命を承知のうえでここはやはり、『殺人鬼』にもさらなる続篇を書かねば。そんな考えをかつては持っていたのだが、何だかんだで機会を逸しているうちにすっかり時間が経ってしまった。今さら『殺人鬼Ⅲ』もなかろう、と醒《さ》めた頭で思う一方で、ときとして無性に書いてみたい衝動を覚えなくもない。
しかしまあ、これについては結局、読者のニーズと作者の気力・体力の波がいかにうまく合致するか、の問題なんだろうなあ。――というのが、現時点における卒直な認識であります。

二〇一二年 一月

綾辻行人

解説

矢澤利弘

『殺人鬼――逆襲篇』は、八〇年代の終わり頃から吹き荒れたホラー・バッシングに対する綾辻行人からの第二の挑戦状である。バッシングは今なお続いている。本格ミステリ作家がひとたび牙《きば》を剝《む》くと恐ろしいことになる。我々読者はそれを『殺人鬼――覚醒篇』で目の当たりにした。あの血みどろの惨劇をさらにスケールアップさせるべく、あの殺人鬼が山から下りてきたのだ。

本書は先に角川文庫から刊行された『殺人鬼――覚醒編』(当初の題名は『殺人鬼』)の続編として、初め「小説推理」の一九九三年三月号から九月号まで、七回にわたって掲載され、九三年十月に双葉社から刊行された。九五年八月には双葉ノベルズに収められ、九七年二月には新潮文庫に入った。若干の改訂が加えられた本書が二度目の文庫化となる。綾辻行人が雑誌に長期間連載して書いた長編としては本書が最初のものである。

『殺人鬼』シリーズはホラー、それも生々しい人体破壊と残酷描写を特徴としたスプラッター映画へのオマージュに満ちあふれた連作である。七〇年代後半から八〇年代は日本におけるホラー映画の全盛期だった。この頃の熱狂を知らない読者のために、若干この当時の状況を振り返ってみたい。

ウィリアム・フリードキン監督の『エクソシスト』(七四)の大ヒットがホラー映画ブームに火を付け、以降、リチャード・ドナー監督の『オーメン』(七六)、ダリオ・アルジェント監督の『サスペリア』(七七)、ブライアン・デ・パルマ監督の『キャリー』(七七)、ジョン・カーペンター監督の『ハロウィン』(七九)と続き、八〇年代に入ると、ショーン・カニンガム監督の『13日の金曜日』(八〇)、サム・ライミ監督の『死霊のはらわた』(八五)といったスプラッター映画がホラー映画の主流になっていった。トニー・メイラム監督の『バーニング』(八一)やウェス・クレイヴン監督の『エルム街の悪夢』(八六)など、とてつもなくパワフルな殺人鬼が活躍するホラーも続々と登場した。殺人鬼をテーマにした映画はシリーズ化されるものも多く、『ハロウィン』シリーズのブギーマン、『13日の金曜日』シリーズのジェイソン、『エルム街の悪夢』シリーズのフレディといった冷酷な殺人鬼は、エンディングで死んだように見えても、次の作品の冒頭で必ずよみがえる。『殺人鬼』シリーズで暴れる殺人鬼はこうした映画の殺人鬼の邪悪な部分をすべて受け継いだような生き物だが、彼は正体不明でより残忍だ。

八五年にはホラーやSFのジャンルにテーマを絞った東京国際ファンタスティック映画祭が始まり、映画祭の期間中、ホラー映画ファンは毎日興奮の連続だった。テレビでもホラー映画が続々と放映され、多くの若者がホラーの洗礼を受けたのである。不死身の殺人鬼と同じように、ホラーブームも永遠に続くと思われていた。

だが、八〇年代の終わりに発生した東京・埼玉連続幼女誘拐殺人事件の犯人の部屋にあった多量のビデオテープの中にホラービデオが含まれており、この犯人はこれらの作品に影響されて事件を犯したのではないかという短絡的な見方が広まったことなどが発端となり、ホラー映画バッシングが始まった。やがてバブル景気の崩壊と相まって、ホラー映画の黄金期が終わることになる。ホラー映画のテレビ放映や劇場公開は激減し、ホラーファンはやるせない気持ちになったものだった。

『殺人鬼』シリーズは、ホラー映画ブームの宴《うたげ》の後、このような背景のもとで執筆されたわけである。綾辻さんの敬愛するイタリアのホラー映画の巨匠監督ダリオ・アルジェントはこう語っている。

「映画の殺人シーンは作り物、死は芝居で鮮血は塗料を使っている。だからこそ、わたしの描く死は美しい」

そう、ホラーは作り物。だからこそ怖いと同時に楽しいのだ。物語が終われば人々は必ず夢から醒《さ》める。悪夢から解放され、胸をなで下ろす爽快感《そうかいかん》こそがホラーのカタルシスだろう。読者には恐怖や残酷を愉《たの》しむための心の余裕が求められる。

綾辻さんは大のホラー映画ファンである。牧野修さんと交互にホラー映画について語っていくリレーエッセイ『ナゴム、ホラーライフ　怖い映画のススメ』を読めば、綾辻さんのホラー映画への愛情を垣間見《かいま》ることができるはずだ。

例えば、囁《ささや》きシリーズの第一弾『緋色の囁き』は、魔女の巣くうバレエ学校を舞台にしたダリオ・アルジェントの『サスペリア』へのオマージュであふれた作品だ。このように、綾辻さんがホラー映画の要素を巧みに小説に織り込んでいるのは周知の事実かもしれない。そういった意味で、殺人鬼が暴れ回り、親の敵のように残酷描写をふんだんに取り入れた『殺人鬼』シリーズは綾辻さんのホラー映画に対するオマージュの集大成的作品だといえる。

さて、筆者は映画研究者であり、そのなかでもホラー、とりわけダリオ・アルジェント監督の作品を長年に渡って追いかけている。綾辻さんと知り合ったのもアルジェントが縁だった。だから、綾辻さんの小説とダリオ・アルジェントの映画との関係について書いておくのが筆者に課せられた役目であろう。

ダリオ・アルジェントは一九四〇年生まれのイタリアの映画監督だ。彼は一般に残酷なホラー映画の監督だと考えられているが、実は監督デビュー作『歓びの毒牙《きば》』（七一）以降、『わたしは目撃者』（七二）、『4匹の蝿』（七三）という、イタリアではジャーロと呼ばれるサスペンス映画を立て続けに発表している根っからの推理サスペンスの人である。

『サスペリア』をきっかけにホラーの世界に進出し、多くのファンを獲得することになる。以前からのファンはさぞ驚いたことだろう。だが、ジャーロ作家の魂は健在で、どんな血みどろホラーであっても多かれ少なかれ犯人探しの要素が含まれており、時には掟破《おきて》りの批判を受けるほど、あっといわせる衝撃の結末が用意されている。ホラーとミステリの融合はアルジェントの真骨頂といえる。

そして、肝心な謎解きの伏線の張り方は実に映画的だ。例えば、代表作『サスペリアPART2』（七八）では、誰でも見落としてしまいそうな部分にきちんと伏線が描かれている。ラストですべてが解き明かされると、観客は伏線を確認するためにもう一度初めから映画を丹念に見直さざるを得なくなる。観客はそのトリックの見事さに驚愕《きょうがく》することになる。「ああ、俺はやっぱりあのとき見ていたんだ」。映像以外では決して表現できない手法だ。アルジェントは根っからの映像作家であり、ジャーロ作家なのだ。

それでは、綾辻さんの『殺人鬼』シリーズはどうだろう。『殺人鬼』は本格ミステリ小説を続々と発表し続けた綾辻さんの作品であるゆえに、当時としては過剰なまでの残酷描写に対して、ファンから賛否両論の反応が湧《わ》き上がった。これは致し方ないことだっただろう。ただ、綾辻さんがホラー作家としてさらに飛躍するための転換点となった作品として『殺人鬼』を位置付けることに異論はあるまい。

では、綾辻さんの作風は変わったのか。『殺人鬼』には「覚醒篇」にも「逆襲篇」にも大胆な仕掛けが用意されている。連続殺人を扱うホラーというものは一般的にいくつかの殺人シーンをつなげていくだけで作品としては成立する。例えば、森でキャンプする男女数人のグループが一人ずつ殺されていくさまを丹念に描写していくだけで、とりあえず一本の映画にはなってしまう。だが、『殺人鬼』は表面的なスプラッター・ホラーだと考えると火傷《やけど》する。ミステリ作家の魂が込められたホラーとミステリが見事に融合した作品なのだ。こうした部分にアルジェントの映画との相似性を感じないだろうか。

また、綾辻さんの小説の構造もしかりである。伏線は読者の気が付かない部分に潜んでいる。最後の最後ですべてが明らかにされると、読者はもう一度初めから小説を読み返さざるを得なくなる。そう、きちんと謎を解くカギは提示されていたのだ。読者はしてやられたという気持ちになるはずだ。

最後まで読んでみて、綾辻さんの小説は「これは到底映画化できないな」と感じることがある。この『殺人鬼』シリーズもそうだ。もっとも短編集の『眼球綺譚』がコミックス化されたり、長編ホラーの『Another』がコミックスになり、アニメ化や実写映画化されたりといったように、映画やコミックスの原作としても、綾辻さんの小説は魅力的だ。ではなぜ、映画化できないと思わせるのか。なにも強烈な殺人描写が残酷すぎて映像化できないからではない。伏線の張り方が実に小説的であり、こうした伏線をそのまま映像化することはできないからだ。それは綾辻さんが文字の世界を最大限に活用する根っからのミステリ作家だからだと思われる。

ダリオ・アルジェントと綾辻行人。映画と小説の世界で異彩を放つ根っからのミステリ作家。表現方法とフィールドは違っても、なんとなくふたりの作家の共通点が見えてくるのではないだろうか。

引用文献……『南山堂　医学大辞典』南山堂、一九九〇年改訂17版

初刊　一九九三年十月、双葉社『殺人鬼II――逆襲篇――』
本書は一九九七年二月刊行の新潮文庫版を『殺人鬼　――逆襲篇』と改題し、
若干の手を加えた改訂版です。

殺《さつ》人《じん》鬼《き》——逆《ぎゃく》襲《しゅう》篇《へん》

綾《あや》辻《つじ》行《ゆき》人《と》

平成24年 2月25日 初版発行
令和7年 9月25日 31版発行

発行者●山下直久

発行●株式会社KADOKAWA
〒102-8177 東京都千代田区富士見2-13-3
電話 0570-002-301（ナビダイヤル）

角川文庫 17261

印刷所●株式会社KADOKAWA
製本所●株式会社KADOKAWA

表紙画●和田三造

●お問い合わせ
https://www.kadokawa.co.jp/（「お問い合わせ」へお進みください）
※内容によっては、お答えできない場合があります。
※サポートは日本国内のみとさせていただきます。
※Japanese text only

ISBN978-4-04-100169-1 C0193

◆◇◇

角川文庫発刊に際して

角川源義

第二次世界大戦の敗北は、軍事力の敗北であった以上に、私たちの若い文化力の敗退であった。私たちの文化が戦争に対して如何に無力であり、単なるあだ花に過ぎなかったかを、私たちは身を以て体験し痛感した。西洋近代文化の摂取にとって、明治以後八十年の歳月は決して短かすぎたとは言えない。にもかかわらず、近代文化の伝統を確立し、自由な批判と柔軟な良識に富む文化層として自らを形成することに私たちは失敗して来た。そしてこれは、各層への文化の普及滲透を任務とする出版人の責任でもあった。

一九四五年以来、私たちは再び振出しに戻り、第一歩から踏み出すことを余儀なくされた。これは大きな不幸ではあるが、反面、これまでの混沌・未熟・歪曲の中にあった我が国の文化に秩序と確たる基礎を齎らすためには絶好の機会でもある。角川書店は、このような祖国の文化的危機にあたり、微力をも顧みず再建の礎石たるべき抱負と決意とをもって出発したが、ここに創立以来の念願を果すべく角川文庫を発刊する。これまで刊行されたあらゆる全集叢書文庫類の長所と短所とを検討し、古今東西の不朽の典籍を、良心的編集のもとに、廉価に、そして書架にふさわしい美本として、多くのひとびとに提供しようとする。しかし私たちは徒らに百科全書的な知識のジレッタントを作ることを目的とせず、あくまで祖国の文化に秩序と再建への道を示し、この文庫を角川書店の栄ある事業として、今後永久に継続発展せしめ、学芸と教養との殿堂として大成せんことを期したい。多くの読書子の愛情ある忠言と支持とによって、この希望と抱負とを完遂せしめられんことを願う。

一九四九年五月三日

角川文庫ベストセラー